VERLORENE PYRAMIDE

TREASURE HUNTER SECURITY
BUCH 6

ANNA HACKETT

Verlorene Pyramide

Copyright 2024 by Anna Hackett

Aus dem Englischen übersetzt von Nathalie Hopper Translation

Umschlaggestaltung: Mayhem Cover Creations

Bildquelle: CJC Photography

ISBN (ebook): 978-1-923134-35-5

ISBN (Printversion): 978-1-923134-36-2

Originaltitel: Unmapped

KAPITEL EINS

M an hatte ihn an der Nase herumgeführt.

Kopfschüttelnd verließ Ronin Cooper das Lagerhaus. Irgendwie hatte Darcy Ward ihn dazu gebracht, den Kaffee für das gesamte Treasure Hunter Security Team zu holen. Er joggte die vorderen Stufen des Gebäudes hinunter, in dem sich die Büros von THS befanden. Als ehemaliger Navy SEAL und CIA-Agent hätte er das eigentlich durchschauen müssen. Aber Darcy konnte ziemlich gerissen und hinterhältig sein, wenn es um ihr Koffein ging.

Als er den Bürgersteig hinunterging, atmete er tief ein. Der Frühling hatte in Denver mit voller Wucht Einzug gehalten, die Bäume trugen überall grüne Blätter, und die Kälte des Winters hatte sich verflüchtigt. Das renovierte Lagerhaus, in dem THS untergebracht war, lag am Rande von LoDo, nicht weit von Coors Field, der Heimat der *Colorado Rockies*. Ronin war kein großer Baseball-Fan, aber wenn er nicht gerade eine archäologische Ausgrabung oder eine Museumsausstellung bewachte, sahen er und seine Gang sich manchmal ein Spiel an.

Als er um eine Ecke bog, erhob sich die Stadt Denver vor ihm. Über ihm schien die Sonne, wie sie es hier immer tat. Es war schön, im Licht zu stehen, und oft merkte er, dass er sich daran gewöhnt hatte.

Keine blutgetränkten Schlachtfelder oder dunklen Hinterhöfe mehr. Seine Muskeln spannten sich an, einer nach dem anderen, und Ronin steckte die Hände in die Taschen seiner Cargohose. Er hatte so lange im Dunkeln gearbeitet – bei seinen SEAL-Einsätzen, für die CIA ... Verdammt, er war in der Dunkelheit geboren worden.

Er ließ die Schultern hängen und verdrängte diese Gedanken. Er war entkommen – vielleicht nicht, ohne ein paar Stücke seiner Seele zu verlieren, aber jetzt war er für THS tätig. Er arbeitete mit Leuten zusammen, die er mochte, und meistens gefiel ihm der Job. Eigentlich mochte er sogar Denver. Im Sommer konnte er Rad fahren und im Winter snowboarden. An manchen Wochenenden ging er mit Callum Ward, einem der Eigentümer von THS, klettern. Nachdem er lange ein Dasein im Schatten gefristet hatte, wurde ihm allmählich klar, dass ihm sein Leben besser gefiel, wie es jetzt war.

Als er sich dem Baseball-Park näherte, wurde der Verkehr ein wenig dichter. Plötzlich stellten sich ihm die Nackenhaare auf, und jeder seiner Instinkte verriet ihm, dass er verfolgt wurde. Die Regierung hatte unglaublich viel Geld ausgegeben, um sicherzustellen, dass Ronins Instinkte bestens geschärft waren.

Er hielt seinen Schritt und seinen Körper entspannt. Er wollte seinen Verfolger nicht alarmieren, aber er fragte sich, wer zum Teufel es wohl war. Ronin und seine Kollegen bei THS hatten die Seidenstraße bei ihrer letzten Mission in Afrika mächtig verärgert. Es war ihnen sogar gelungen, einen der führenden Köpfe des gefährlichen Schwarzmarktrings für Antiquitäten auszuschalten. Sein Chef, Declan Ward, hatte sie alle gewarnt, dass die Seidenstraße auf Rache aus sein würde und sie auf der Hut sein müssten.

Ronin blieb an einer Ampel stehen und wartete darauf, die Straße zu überqueren. Er drehte lässig seinen Kopf und überprüfte seine Umgebung, als er ein Aufblitzen von Farbe bemerkte. Haar in einem tiefen Kupferton, der ihn an die aufgehende Sonne erinnerte.

Sie war es.

Er hatte sie schon dreimal gesehen. Das eine Mal bei der Hochzeit von Dec und Layne. Die geheimnisvolle Frau hatte den Empfang heimlich besucht und die THS-Mitarbeiter beobachtet. Als Ronin sie entdeckt hatte, war sie abgehauen. Ein anderes Mal hatte er gesehen, wie sie ihn beim Radfahren auf einem der Radwege, die er oft benutzte, beobachtete, und das dritte Mal in der Kneipe, in der er und seine Freunde manchmal nach der Arbeit ein Bier tranken. Auch diesmal war sie verschwunden, bevor er sie fassen konnte.

Wer zum Teufel war sie?

Ronin schritt über die Straße. Jetzt befand er sich im Herzen von LoDo mit seinen Backsteinbauten und renovierten Lagerhäusern. Vor sich entdeckte er den schmalen Eingang zu einer Gasse und bog in sie ein. Auf beiden Seiten ragten Backsteinmauern empor. Es gab eine Handvoll Türen und Pfützen auf dem Boden, aber ansonsten war die Gasse leer.

Er ging tiefer in die Schatten hinein, die er hervorragend kannte, bewegte sich schnell in eine Türöffnung und kauerte sich so hin, dass er von der Dunkelheit verschluckt wurde.

Augenblicke später hörte er Schritte – leicht und schnell. Eindeutig eine Frau. Dann vernahm er eine weibliche Stimme, die einen groben Fluch ausstieß, und hob eine Augenbraue. Das war nicht sehr ladylike.

Langsam atmete er aus, und sein Herz schlug ruhig und kontrolliert. Dann stürmte er aus seinem Versteck und schnappte sich die Frau.

Große blaue Augen, über denen sich ein stumpf geschnittener, kupferfarbener Pony ausbreitete, starrten ihn an.

Als er sie fester an sich drückte, fluchte sie wieder wie ein Seemann. Bevor er etwas sagen konnte, versetzte sie ihm einen scharfen Tritt gegen das Knie.

Überrascht stolperte er. Zum Teufel, *niemand* überraschte ihn.

Als er sich wieder aufgerichtet hatte, rannte die Frau schon aus der Gasse.

O nein, so leicht kommst du mir nicht davon. Ronin sprintete ihr hinterher.

Sie war schnell, und er ahnte, dass sich unter ihren Jeans und dem T-Shirt ein durchtrainierter Körper verbarg. Sekunden später schlang er seine Arme von hinten um sie und hob sie von den Füßen.

Sie begann zu strampeln und zu zappeln. „Hilfe! So helft mir doch!"

„Hör auf. Ich werde dir nicht wehtun", knurrte er.

„Lass mich los!"

„Nicht, bevor wir geredet haben."

„Hilfe! Feuer!"

Sie wehrte sich noch mehr. Zur Hölle, sie war wirklich ziemlich stark.

„Feuer! Feuer!", schrie sie.

Feuer? Offensichtlich hatte sie das alte Sprüchlein gehört, dass Menschen eher halfen, wenn es brannte, statt bei einer unbekannten Bedrohung. Er wirbelte sie herum, stieß sie gegen eine Tür und drückte sie mit dem Rücken gegen die Wand.

Sie hob ihr Kinn. Sie war etwas über einsfünfzig groß, tat aber so, als wäre sie einsachtzig. Ihre blauen Augen blitzten. Wieder öffnete sie ihren Mund, um zu schreien.

„Hör auf", befahl er. „Sag mir, wer du bist."

VERDAMMT. Sie hatte ihn gründlich unterschätzt.

Peri Butler blickte in das dunkle, markante Gesicht. Es war ein wenig zu scharf und gefährlich, um als so etwas zivilisertes wie gut aussehend beschrieben zu werden. Aber er hatte etwas an sich, das einen dazu brachte, ihn ansehen zu wollen. Und zwar immer wieder.

Auf seinem kräftigen Kinn prangten sexy Stoppeln, und die Augen, die sie für schwarz oder braun gehalten hatte, waren in Wirklichkeit von einem sehr dunklen Blau. Er starrte sie mit einem intensiven Blick an, der ihr das Gefühl gab, nackt vor ihm zu stehen.

Das war ein Mann, der so lange graben würde, bis er jedes ihrer Geheimnisse kannte.

Scheiße! Mist! Peri wiederholte ihre Lieblingsschimpfworte noch ein paar Mal in ihrem Kopf. Dank ihrer Recherchen über Treasure Hunter Security wusste sie, dass sein Name Ronin Cooper war. Aber sie kannte ihn nicht, und sie durfte ihm auf keinen Fall trauen.

Sie warf ihr Gewicht gegen ihn und bemerkte, dass sie ihn erneut überrascht hatte. Er taumelte, um sie zu erwischen, aber sie drehte sich, drückte eine Handfläche auf den schmutzigen Boden - igitt, daran wollte sie jetzt auf keinen Fall denken - und schaffte es, sich mit einem Ruck loszureißen. Mit einer Drehung brach sie zwischen seinem harten Körper und der Wand aus.

Sie war jedoch kaum einen Schritt weit gekommen, als er sie von hinten am T-Shirt packte und zurückzog. Seine Arme schlossen sich um sie wie harte Stahlbänder, die sie gegen einen starken, muskulösen Körper pressten, der Hitze ausstrahlte.

„Name. Jetzt." Seine tiefe Stimme dröhnte gegen ihr linkes Ohr.

„Fick dich."

„Warum hast du mir und Treasure Hunter Security nachspioniert?"

Er hatte sie gesehen? *Verdammt!* Sie hatte gewusst, dass er auf der Hochzeit einen Blick auf sie erhascht hatte, aber sie war sich sicher gewesen, dass das bei den anderen Gelegenheiten nicht der Fall gewesen war.

„Arbeitest du für die Seidenstraße?", fragte er.

Der Name ließ sie erstarren. „Nein!"

Seine Stimme wurde leiser. „Wenn ich herausfinde, dass du es tust ...“

Sein Ton verursachte ihr eine Gänsehaut. Er brauchte die Drohung nicht zu Ende zu führen. Sie hielt ihn für einen gefährlichen Mann, der zu allem fähig war.

Sie biss sich auf die Lippe. Es klang nicht so, als ob er die Seidenstraße besonders mochte. Also gehörten er und THS wahrscheinlich nicht zu dieser schrecklichen Organisation ... Gott, sie war so verwirrt und wusste nicht, wem sie vertrauen konnte.

Auf keinen Fall durfte sie das Leben ihrer Zwillingsschwester riskieren.

Der Gedanke, dass Amber verletzt oder – Gott bewahre – tot sein könnte, erfüllte Peri mit schierer Verzweiflung. Sie *musste* ihre Schwester finden, und sie würde alles tun, was dazu nötig war.

„Sag mir deinen Namen“, wiederholte Ronin Cooper.

Konnte sie ihm trauen? Nachdem sie ihn und die anderen, mit denen er arbeitete, beobachtet hatte, war sie sich ziemlich sicher, dass sie Profis waren. Aber Ambers Leben stand auf dem Spiel ...

„In Ordnung, schön. Wir werden es auf die harte Tour machen“, stieß er hervor.

Gerade als Peri sich verkrampfte, drehte sich die Welt, und sie wurde von den Füßen gehoben. Er schleuderte sie über seine muskulöse Schulter.

Eine Sekunde lang war sie sprachlos, als sie kopfüber baumelte.

„Hey!“ Sie schlug eine Hand gegen seinen Rücken. Unter seinem Hemd war er hart wie Stein.

„Ich habe dir eine Chance gegeben, zu reden." Er schritt aus der Gasse. „Du wolltest sie ja nicht nutzen."

Als er wieder auf dem Bürgersteig war, ging er zurück in Richtung des Büros von THS. Peri stieß einen Strom von Flüchen in unterschiedlichen Sprachen aus.

„Redest du etwa auch so mit deiner Mom?", murmelte Ronin.

Peri hob ihren Kopf und sah sich um. Bestimmt würde ihr jemand helfen. „Meine Mom hat mir einige Schimpfwörter beigebracht."

Während ihr Entführer den Weg hinunterstapfte, beäugten ihn die Leute neugierig, aber niemand mischte sich ein.

„Ich werde reden", verkündete sie. „Lass mich einfach runter."

„Natürlich wirst du reden." Sein Tonfall war düster.

Peri rümpfte die Nase. „Bist du immer so herrisch und unversöhnlich?"

„Ja."

Sie stieß einen Atemzug aus. „Du bist nicht sehr nett."

„Das ist mir egal."

Peri grummelte leise vor sich hin und sah zu Boden. Sie musste zugeben, dass sie einen ausgezeichneten Blick auf einen herrlich knackigen Hintern hatte, der in einer dunkelgrauen Cargohose steckte.

Herrgott, Peri. Schau nicht auf seinen Hintern.

Sie drehte ihren Kopf und sah das Lagerhaus direkt vor sich. Sie wusste, dass es einmal eine alte Getreidemühle gewesen war, bis die Geschwister Declan, Callum und Darcy Ward es gekauft hatten. Sie hatten es renoviert und ihr gemeinsames Sicherheitsunternehmen gegründet. Peri hatte alles über sie recherchiert, was sie finden konnte. Sie schienen seriös zu sein, und ihr Geschäft lief gut. Aber in der Presse wurden sie oft mit der Seidenstraße in Verbindung gebracht, und sie war sich nicht sicher, ob Treasure Hunter Security nur eine weitere Fassade für den ominösen Schwarzmarktring war.

Ihr Magen krampfte sich zusammen. Sie wusste, dass sie Hilfe brauchte, um Amber zu finden. Ein Teil von ihr betete, dass *Mr. Düster-und-Unfreundlich* und die anderen bei THS ihr helfen konnten … denn ihr gingen die Möglichkeiten aus.

Peri kniff die Augen zusammen. Amber lief die Zeit davon.

KAPITEL ZWEI

Ronin schritt die Treppe hinauf und stieß mit der Schulter die Glastüren zum Lagerhaus auf.

Seine Stiefel hallten auf dem polierten Betonboden wider. Er ging an der Treppe vorbei, die zu Decs und Laynes Wohnung über den Büros hinaufführte, und steuerte auf den Lounge-Bereich zu. Der riesige, offen gestaltete Raum hatte große Fenster, die einen fantastischen Blick auf die Innenstadt von Denver boten. Die Backsteinwand am anderen Ende des Lagers war mit Computerbildschirmen übersät. Dort standen außerdem elegante Schreibtische mit High-End-Computern. Das war Darcys Bereich.

In einer anderen Ecke gab es eine kleine Küchenzeile, während die Mitte des Raumes von einem riesigen Konferenztisch dominiert wurde, und etwas abseits davon gruppierten sich ein paar Sofas um einen Billardtisch.

Darcy blickte von ihrem Computer auf. Sie hob eine ihrer seidigen Brauen und strich sich eine Strähne ihres kinnlangen dunklen Haars hinters Ohr. „Das ist aber nicht mein Milchkaffee, Coop."

„Stimmt wohl." Er stapfte am Konferenztisch vorbei in Richtung der ramponierten Sofas. Darcy drohte immer wieder damit, sie auszutauschen, aber Ronin vermutete, dass sie es bis jetzt nicht getan hatte, weil sie befürchtete, dass sie die neuen ruinieren würden.

Logan O'Connors große Gestalt lag gerade in einem Sessel ausgestreckt. Er hob den Kopf, und sein zotteliges Haar fiel ihm ins Gesicht. „Was hast du da, Coop?"

„Eine Spionin." Ronin stellte die Frau auf ihre Füße.

Als er Schritte hörte, blickte Ronin zu Declan hinüber, der auf ihn zukam. In seinen abgetragenen Jeans und dem schwarzen T-Shirt sah er haargenau aus wie der ehemalige SEAL, der er war.

Die Frau richtete sich auf, griff nach dem Saum ihres weißen T-Shirts und zerrte es nach unten. Sie blickte sich im Raum um und nahm die Umgebung in Augenschein. An ihrer angespannten Haltung konnte er erkennen, dass sie nervös war, aber es war keine Angst in ihrem Gesicht zu sehen. Trotzig hob sie ihr Kinn.

Sie war ein hübsches Ding, auf eine ungewöhnliche Art und Weise. Ihre Haarfarbe war einmalig. Sie hatte die kupferfarbenen Strähnen zu einem Pferdeschwanz hochgesteckt, und ihr Pony war knapp über ihren Augen geschnitten. Und diese großen, blauen Augen ... sie könnten einen Mann ganz verschlingen.

Ronin hatte das Einzigartige schon immer gemocht. Er war gut darin, hinter das Offensichtliche zu blicken.

„Ich bin keine Spionin", widersprach die Frau.

„Dann rede." Ronin verschränkte seine Arme vor der

Brust. „Ich will deinen Namen wissen, und ich will verstehen, warum du uns beobachtet hast."

„*Das* ist die Person, die uns beobachtet haben soll?", staunte Dec, wobei ihm die Neugierde ins Gesicht geschrieben stand.

Darcy kam mit der eleganten Sydney an ihrer Seite näher. Logans Freundin leitete die geschäftliche Abteilung von THS. Die beiden beäugten die Frau neugierig.

Seine Gefangene richtete sich auf. „Mein Name ist Peri Butler. Ich habe euch beobachtet, um zu sehen, ob ich euch trauen kann."

Ronin zog eine Augenbraue hoch. Er war darin geschult, Körpersprache zu lesen, und im Moment benutzte sie Sturheit und Selbstvertrauen, um Verzweiflung und Angst zu verbergen. Falls sie keine wirklich gute Lügnerin war, sagte sie die Wahrheit. „Seltsame Art, das zu erreichen."

Peri schlang ihre Arme um ihre Mitte. „Ich musste sichergehen, dass ihr nicht für die Seidenstraße arbeitet."

Logan gab in der Nähe einen erstickten Laut von sich. „Ich hasse die Seidenstraße, verdammt noch mal."

Dec ließ sie nicht aus den Augen. „Erzähl weiter."

„Ich weiß, dass ihr mit ihnen zu tun hattet, aber ich war mir nicht sicher, ob das nur eine Fassade ist. Die Seidenstraße kennt sich mit Lug und Trug zu gut aus."

„Das stimmt", pflichtete Ronin bei. Sie schaute in seine Richtung, und diesmal sah er Traurigkeit und Sorge in ihren blauen Augen. „Ich kann dir versichern, dass wir gegen die Seidenstraße arbeiten. Was hast du mit ihnen zu schaffen?"

Sie zögerte.

In diesem Moment schritt Darcy mit klackenden Absätzen zu ihr. Sie reichte der Frau die Hand. „Wenn wir dir helfen können, werden wir es tun."

Peri sah wieder zu Ronin. „Vor sechs Wochen wurde ich gebeten, eine Expedition zu leiten. Meine Schwester und ich sind beide erfahrene Expeditionsführerinnen. Die Sache wirkte seriös, und es wurde viel Geld geboten. Sehr viel." Sie schüttelte den Kopf. „Aber irgendetwas stimmte nicht. Der Typ, der mich ansprach, ein gut aussehender Australier, war mir unheimlich."

„Unheimlich?", wiederholte Ronin langsam.

Sie winkte mit einer Hand ab. „Ich weiß, dass harte Kerle wie du solche Ausdrücke nicht benutzen, aber der Typ war nicht sauber."

Was Ronan sehr gut verstand, waren Instinkte, und er wusste, wann jemand ein falsches Spiel spielte.

„Er hat mir einen Firmennamen genannt. *Karakorum, Inc.* Die Firma hatte eine Website, und sie sah professionell aus, aber mir gefiel das Ganze trotzdem nicht."

Darcy räusperte sich. „Die südliche Route der historischen Seidenstraße verlief durch das Karakorum-Gebirge an der Grenze zwischen Pakistan und China. Man nannte sie die Karakorum-Route."

Etwas flackerte über Peris Gesicht. „Mist. Ich hätte tiefer graben sollen. Ich habe den Job abgelehnt, aber meine Schwester Amber … sie hatte gerade keinen Job, war gelangweilt und suchte nach einer Beschäftigung. Sie ist im Herzen eine Abenteurerin. Wir sind damit aufgewachsen, durch die ganze Welt zu reisen." Peri presste ihre Lippen aufeinander. „Meine Eltern sind

Freigeister und sagten, die Welt sei unsere Schule." Sie holte tief Luft. „Ich besitze eine Kletterhalle, *Anti-Gravity*, in der Nähe der Universität von Denver. Ich nehme gelegentlich Expeditionsleitungen an, aber im Moment ist die Halle ausgelastet."

„Hey, ich habe viel Gutes über diese Halle gehört", meinte Logan. „Ich glaube, Cal war schon mal da."

„Deine Geschichte stimmt." Darcy blickte von ihrem Tablet auf. „Außer, dass dein offizieller Name anscheinend Peridot Butler lautet."

Peri zuckte zusammen. „Ja, meine Mom fand es cool, uns nach Edelsteinen zu benennen. Aber ich höre nicht auf Peridot. Ich heiße Peri."

„Deine Schwester hat den Job angenommen?", fragte Ronin und lenkte das Gespräch wieder auf das Wesentliche.

„Ja." Peri schloss die Augen. „Sie ist mit ihnen gegangen, und ich habe den Kontakt zu ihr verloren." Ihre Augen öffneten sich wieder, und Ronin konnte den Blick nicht mehr abwenden. „Sie hätte schon vor einer Woche zurück sein sollen. Die Website der Firma gibt es nicht mehr, und alle Telefonnummern wurden abgemeldet. Ich habe etwas nachgeforscht und herausgefunden, dass die Website ursprünglich zu einer Strohfirma gehörte, die mit der Seidenstraße verbunden war."

Ronin tauschte einen Blick mit Dec aus. Das hörte sich nicht gut an. „Wohin sollte die Expedition gehen?"

Peri schluckte. „Meine Schwester und ich sind erfahrene Polarführerinnen. Wir sind auf Eisexpeditionen, Gletscher- und Gletscherspaltenreisen spezialisiert." Sie schlug die Hände zusammen. „Die Expedition ging in die Antarktis."

PERI SASS an dem langen Konferenztisch und starrte auf die polierte Holzoberfläche. Jemand stellte eine heiße Tasse Kaffee vor sie hin.

Sie sah zu Ronin auf. „Danke."

Der Rest des THS-Teams saß um den Tisch herum, und während Peri an dem Kaffee nippte, fragte sie sich, ob Amber es warm und etwas zu essen und zu trinken hatte. Und natürlich, ob sie noch am Leben war.

„Spar dir dein Danke lieber. Dec hat heute den Kaffee gekocht." Darcy Ward setzte sich auf den Stuhl neben Peri. „Deshalb habe ich Coop in den Coffeeshop geschickt."

Auf der anderen Seite des Tisches saß eine blonde Frau in einem taillierten Rock und einer eleganten Bluse. Peri wusste aus ihren Recherchen, dass es sich um Sydney Granger handelte, die ehemalige Geschäftsführerin von *Granger Industries*. Sowohl Sydney als auch Darcy waren gepflegt und elegant und gaben Peri das Gefühl, zerknittert und zerzaust auszusehen.

„Wir würden dir gern helfen", meinte Darcy.

Sydney beugte sich vor. „THS hat mir geholfen, meinen Bruder zu finden. Die Seidenstraße hatte ihn in Südamerika gekidnappt."

Peri hatte die Artikel über das fantastische Abenteuer in den peruanischen Nebelwäldern gelesen. Sydneys Bruder war von THS gerettet worden, lebendig.

Peri wollte unbedingt glauben, dass die Geschichte wahr war.

„Ich kann euren Preis bezahlen", erwiderte Peri. Da ihre Kletterhalle Gewinn machte, verfügte sie über einen guten Notgroschen. „Man kann mit Polarführungen ganz gut verdienen." Und Peri war nicht die Art von Frau, die ein Vermögen für Kleidung und Schmuck ausgab. Nein, sie steckte ihr Geld hauptsächlich in Kletterausrüstung und in das Haus, das sie kürzlich gekauft hatte.

Der große Mann mit dem zotteligen Haar, Logan O'Connor, trat hinter Sydney und legte seine Hände auf die schlanken Schultern der Frau. Peri hatte gelesen, dass die beiden ein Paar waren. Auf den ersten Blick wirkten sie wie komplette Gegensätze, aber schon nach den ersten paar Minuten, die sie die beiden kannte, konnte sie sehen, dass sie gut zusammenpassten. Sydney lächelte Logan immer an, und der Mann beobachtete Sydney mit einer heißen, besitzergreifenden Wärme in seinen Augen.

Peri hatte noch nie einen Mann getroffen, der sie auf diese Weise ansah. Sie war mit einer ganzen Reihe von Adrenalinjunkies ausgegangen, die immer auf der Suche nach Spaß waren, aber das war auch schon alles. Sie hatte eine Schwäche für harte, muskulöse Männerkörper.

„Die Expedition ging also vor einem Monat los?" Ronins Stimme durchbrach ihre Gedanken.

Peri räusperte sich. „Die Teilnehmer sollten mittlerweile zurück sein. Geplant war eine vierwöchige Reise, auf der Eisproben genommen und die steigenden Temperaturen auf dem antarktischen Eisschild überwacht werden sollten."

„Die Söldner der Seidenstraße sind Schwarzmarkt-Antiquitätendiebe", sagte Ronin. „Die interessieren sich nicht für Eisproben oder die globale Erwärmung."

„Das weiß ich. Das war wohl ihre Tarngeschichte. Aber ich bin mir auch der Tatsache bewusst, dass es in der Antarktis keine Altertümer oder Ruinen gibt, deshalb verstehe ich nicht, worauf sie aus waren."

„Könnte es sein, dass sie hinter Relikten der frühen Antarktisforscher her sind?", fragte Sydney.

Dec trommelte mit den Fingern auf den Tisch. „Vor ein paar Jahren wurden alte Hütten der frühen Entdecker freigelegt. Sie waren perfekt erhalten. Sie glichen Zeitkapseln, gefüllt mit vielen alten Gegenständen. Konserven, Whiskeyflaschen, Tagebücher, die von den Entdeckern geschrieben wurden."

„Aber nichts, was so wertvoll wäre, dass es für die Seidenstraße interessant wäre", stellte Ronin fest.

„Richtig", stimmte Dec zu. „Peri, hast du irgendwelche Informationen darüber, wohin diese Expedition genau gehen sollte?"

Peri schüttelte den Kopf und verdrängte die vertraute Verzweiflung. „Ich weiß es nicht. Irgendwo in die Nähe der Ellsworth-Berge." Sie atmete tief ein und aus. „Ich habe ein paar Tage vor ihrer erwarteten Rückkehr gemerkt, dass etwas nicht stimmt."

Ronin runzelte die Stirn. „Vorher?"

Sie nickte. „Amber hat eine seltsame Voicemail auf meinem Handy hinterlassen." Peri holte das Gerät aus der Tasche. Sie legte es auf den Tisch und drückte die Lautsprechertaste. Die Nachricht wurde abgespielt.

„Finde sie, Peri. 1881, 17ter, 12, 22, 112, 1971."

„Sie muss Zugang zu einem Satellitentelefon gehabt haben", überlegte Dec.

„Was bedeuten die Zahlen?", fragte Ronin.

„Ich weiß es nicht." Peri zog eine Schulter hoch und kämpfte gegen die Frustration an, die in ihrem Bauch nagte. „Ich habe versucht, sie zu entziffern, aber sie sagen mir nichts."

Darcy holte ein schlankes Tablet hervor und tippte auf dem Bildschirm herum. „Ich werde ein paar Recherchen anstellen und sehen, ob ich etwas herausfinde. Ich werde auch nachsehen, was das Interesse der Seidenstraße an der Antarktis geweckt haben könnte."

Sydney stand auf. „Ich mache ein paar Anrufe und schaue, ob ich Vorräte oder Flüge für eine Expedition in die Ellsworth Mountains aufspüren kann."

Dec nickte. „Ich werde auch ein paar Anrufe tätigen."

„Danke." Einen Moment später saßen Peri und Ronin allein am Tisch. „Tut mir leid, dass ich dir nachspioniert habe."

„Ist schon gut. So gut warst du auch wieder nicht."

Sie schnaubte. „Du hast mich die ersten paar Male nicht erwischt. Und zweimal bin ich dir entkommen. Und das letzte Mal wäre ich dir auch fast entwischt."

„*Fast* zählt nicht."

Peri schlug die Hände zusammen. „Amber ist eine tolle Expeditionsführerin und gut im Schnee."

„Dann hat sie wohl alle Fähigkeiten, die sie braucht, um das hier zu überleben", meinte Ronin.

„Als wir zwölf waren, hatten wir beide schon die Antarktis besucht. Ganz zu schweigen davon, dass wir den Himalaya bestiegen hatten, durch die Sahara gewandert und in Australien mit Haien getaucht sind."

„Klingt aufregend."

„Das war es auch, aber ... manchmal möchte man einfach eine Weile an einem Ort bleiben. Damit man nicht weiter aus dem Koffer leben muss."

„Da kann ich nicht wirklich mitreden."

Sie blickte in sein markantes Gesicht. „Ich habe gerade ein Haus gekauft. Und ich werde mir einen Hund zulegen." Alles in ihr wurde kalt. „Meine Schwester ist meine Familie. Ich liebe unsere Eltern, aber sie leben zurzeit in einem Aschram in Indien. Ich glaube nicht, dass sie jemals aufhören werden zu reisen. Aber Amber wollte bei mir sein, hier in Denver."

Eine große Hand legte sich auf ihre. „Wir werden sie finden."

Seine Haut war warm, und seine Berührung war überraschend beruhigend. Sie umklammerte seine Finger. „Das kannst du nicht versprechen, aber danke."

Plötzlich ertönte ein gedämpftes *Ping* von den Computern in der Nähe.

Darcy schob ihren Bürostuhl zur Seite und tippte auf einen Bildschirm. Ihr schönes Gesicht erstarrte. „Heiliger Strohsack!" Sie überflog, was auch immer auf dem Bildschirm zu sehen war. „Ihr müsst euch das alle ansehen." Sie sprang auf, und ihre Finger flogen über die Tastatur. Ein Bild füllte einen der Bildschirme an der Wand.

Peris Brust zog sich vor Erwartung, Sorge und Aufregung zusammen. War das eine gute oder eine schlechte Nachricht? Sie stand auf, und während sie Ronins Hand festhielt, gingen sie näher an die Bildschirme heran.

Alle versammelten sich und studierten das Luftbild einer Eisebene.

Peri runzelte die Stirn. Sie vermutete, dass sie irgendwo in der Antarktis lag. Ein paar dunklere, felsige Bergspitzen ragten durch das Eis.

„Antarktis. Und?", fragte Declan.

Darcy tippte auf den Bildschirm und das Bild wurde vergrößert. „Diese Aufnahme ist von der Westseite des Kontinents. Das Eis schmilzt auf dieser Seite schneller und legt Berge frei, die seit Jahrhunderten nicht mehr eis- und schneefrei waren. Es gab kürzlich einige Gerüchte im Internet ..."

Sie zoomte noch weiter heran. Alle zuckten zusammen.

Peri blinzelte. Das war sicher nicht das, wofür sie es hielt.

Sie blickte auf und sah, dass Ronins Kiefer angespannt war. Er hatte nicht das ausdrucksstärkste Gesicht, aber sie hatte das Gefühl, dass er genauso schockiert war wie sie.

„Ist das eine *Pyramide*?", fragte Ronin.

KAPITEL DREI

R onin starrte auf den Bildschirm.
      Es *konnte* keine Pyramide sein, die sich in der Antarktis aus dem Schnee erhob. Er studierte die symmetrischen Seiten des Bauwerks.

„Das könnte natürlich sein," meinte Dec.

Ronin schüttelte den Kopf. Das Ding sah für ihn alles andere als natürlich aus.

„Hey, wo sind denn alle?", rief eine Stimme.

Dr. Layne Ward schritt herein, eine Tasche auf der Schulter. Dec ging zu seiner Frau, um sich einen Kuss abzuholen. „Hallo, Dr. Ward. Vielleicht kannst du uns hier helfen."

„Ach ja? Schön, dass ich gebraucht werde." Laynes Blick richtete sich auf Peri. „Hi. Ich bin Layne Ward." Sie schenkte ihrem Ehemann ein Lächeln. „Ich werde es nie leid, mich mit diesem Namen vorzustellen."

Dec umarmte seine frisch Angetraute noch fester.

„Layne, das ist Peri Butler", stellte Ronin die neue

Klientin vor. „Ihre Schwester hat sich einer Expedition angeschlossen und ist nicht zurückgekehrt."

Laynes Gesicht wurde ernst. „Es tut mir leid, das zu hören, Peri."

„Es hat sich herausgestellt, dass die Expedition von der Seidenstraße finanziert wurde", fügte Dec hinzu.

Die Archäologin stellte ihre Tasche auf dem Konferenztisch ab. „Jetzt tut es mir noch mehr leid." Sie sah ihren Mann an. „Werden wir ihr helfen?"

„Ja", antwortete Ronin. Er spürte, dass Peri ihn ansah, wandte sich aber wieder dem Bildschirm zu.

„Die Expedition ging in die Antarktis. Peri und ihre Schwester Amber sind Polarführerinnen."

„Antarktis?" Layne runzelte die Stirn. „Die Seidenstraße ist auf der Suche nach unschätzbaren Altertümern. In der Antarktis gab es keine Zivilisation."

Ronin sah, wie Peris Schultern einknickten.

„Bist du dir sicher?", fragte Peri.

„Der Kontinent ist seit Millionen von Jahren von Eis bedeckt", erklärte Layne mitfühlend.

„Und was ist das?" Peri zeigte auf den Bildschirm.

Layne schaute auf das Bild und blinzelte. Sie rückte vor und legte die Stirn in Falten. „Ich habe keine Ahnung."

„Meinst du, es könnte von Menschen geschaffen worden sein?", fragte Dec.

„O mein Gott." Layne schwieg einen Moment lang. „Es sieht auf jeden Fall zu regelmäßig aus, um natürlich entstanden zu sein, und weist ähnliche Proportionen auf wie viele ägyptische Pyramiden."

Der Raum wurde still, und Ronin bemerkte, wie Dec seine Frau betrachtete.

„Fällt dir sonst noch etwas ein?", fragte Dec.

Layne fuhr sich mit einer Hand durch ihr braunes Haar. „Nun, wenn ich so darüber nachdenke, erinnere ich mich an einige Dokumente, die wir für eine frühere Mission durchforstet haben. *Ahnenerbe* war an der Antarktis interessiert."

„Verdammt." Dec stemmte die Hände in die Hüften. „Das ist wieder der Schatten von Madagaskar, nicht wahr?"

Peri zog die Brauen zusammen. „Ahnenerbe?"

„Hitlers archäologische Gruppe, die beweisen sollte, dass es die arische Rasse wirklich gibt." Layne rümpfte die Nase. „Anscheinend glaubten sie auch, dass es auf der Erde vor Tausenden von Jahren fortgeschrittene Zivilisationen gab. Zivilisationen, die möglicherweise fortschrittliche Technologie hinterlassen haben."

Peri blinzelte. „Meinst du damit etwa Außerirdische?"

„Nein." Layne lächelte und schüttelte den Kopf. „Es gibt einige Hinweise, die zwar nicht belegt sind, aber zeigen könnten, dass es fortgeschrittene menschliche Kulturen gab, die älter sind, als man heute annimmt. Einer unserer anderen Mitarbeiter, Morgan, hat einen Freund, der ein Experte auf diesem Gebiet ist. Er hat versucht, mich davon zu überzeugen, dass es Hochkulturen gab, die möglicherweise am Ende der letzten Eiszeit zerstört wurden."

„Was dachten denn die Nazis, was in der Antarktis sei?", fragte Ronin.

Layne schüttelte den Kopf. „Ich weiß es nicht. In den Berichten, die ich gelesen habe, waren nicht viele Details enthalten."

Darcy tippte mit einem ihrer Nägel gegen ihre Lippen. „Ich werde sehen, was ich finden kann."

Dec nickte. „Layne, ruf Morgan und Zach an. Ich weiß, dass sie ein paar Tage freihaben, aber sieh zu, dass sie ihren Hintern hierherbewegen. Und Darcy, ich möchte, dass du mit jemandem redest, nämlich mit …"

„Special Agent Arrogant-und-Nervtötend." Darcy schnitt eine Grimasse.

Dec fuhr mit der Zunge über seine Zähne. „Ja."

Darcy stieß einen gequälten Seufzer aus. „Klar, mache ich."

Ein weiteres *Ping* von Darcys Computer ertönte. Sie eilte hinüber und tippte auf den Bildschirm.

„Bei der Suche nach den Wörtern und Zahlen in der Nachricht deiner Schwester hat sich etwas ergeben." Darcy sah auf und begegnete Peris Blick. „Gott, 1881 war das Jahr, in dem die Union Station an der 17th und Wynkoop Street eröffnet wurde."

Peri sprang auf, und Hoffnung stand ihr ins Gesicht geschrieben. „Das sind zwei Zahlen, die sie erwähnt hat. 1881 und 17. Was ist mit den anderen Zahlen?"

„12, 22 und 112. Die Union Station hat zwölf Gleise, zweiundzwanzig Tore im Busbahnhof und einhundertzwölf Zimmer im Hotel im historischen Terminalgebäude."

„Und 1971?", fragte Ronin.

Darcy schüttelte den Kopf. „Da hatte ich kein Glück. Die Zahl kann ich noch nicht zuordnen."

Ronin legte seine Hände auf Peris Schultern. „Deine Schwester muss dir etwas in der Union Station hinterlassen haben."

„Wie sollte sie etwas aus der Antarktis dorthin bringen können?"

„Vielleicht hat sie es auf ihrem Weg in die Antarktis geschickt? Wahrscheinlich haben sie in Südamerika einen Zwischenstopp eingelegt, um Vorräte zu besorgen."

Peri nickte. „Wenn sie gemerkt hätte, dass etwas nicht stimmt, hätte sie es vielleicht versucht. Nur für den Fall der Fälle. Dann hätte sie mich angerufen und mir eine Nachricht hinterlassen, wenn es brenzlig geworden wäre. Aber warum hat sie es nicht direkt an mich geschickt?"

„Weil sie Angst hatte, dass die Seidenstraße dich beobachtet", erklärte er.

Sie zitterte. „Ich hätte sie nie gehen lassen dürfen."

„An wen hätte sie die Sendung adressieren können? Ist sie mit jemandem befreundet, der in der Union Station arbeitet?"

„Ich kenne nicht all ihre Freunde. Sie geht gern zum Feiern aus und hat viele Bekannte."

„Denk nach, Peri."

„Das tuc ich." Sie fuhr sich mit der Hand durchs Haar.

„Vielleicht arbeitet derjenige im Hotel", schlug Ronin vor.

„Dort gibt es mehrere Restaurants und Geschäfte", stellte Darcy fest. „Lass mich mal sehen, ob … ich etwas gefunden habe!" Sie blickte auf, und ihre blaugrauen Augen leuchteten. „Es gibt einen *Tattered-Cover*-Buchladen im Terminal, und der erste Laden wurde 1971 eröffnet."

„Amber und ich gehen oft in den *Tattered Cover*! In den auf der Colfax." Peri holte tief Luft. „Eine ihrer Freundinnen arbeitet dort und pendelt zwischen den Läden hin und her, glaube ich. Stella, nein, Sam ... Stacey!"

Darcy schnappte sich das Handy auf ihrem Schreibtisch, tippte eine Nummer ein und drückte es an ihr Ohr. „Hallo, ist da der *Tattered Cover* in der Union Station? Arbeitet Stacey heute? Ja? Gut, danke." Darcy beendete das Gespräch.

„Ich muss da hin!", rief Peri.

Ronin sah Dec an. „Ich bringe sie hin."

Dec nickte. „Wir werden hier weiterarbeiten. Seid vorsichtig."

Ronin war immer vorsichtig. Er führte Peri nach draußen. Sie vibrierte vor Energie, als er sie zu seinem Motorrad führte.

„Wo ist dein Auto?"

„Geparkt in der Garage meiner Wohnung." Er nickte zu seinem Motorrad. „Das ist mein Gefährt."

„Damit wollen wir fahren?"

Er reichte ihr seinen zusätzlichen Helm. „Es ist nicht weit."

Sie nahm den Helm und lächelte. „Ich bin schon ein paar Mal Motorrad gefahren, aber das waren klapprige, laute Dinger, mit denen man durch Reisfelder oder über Dschungelpisten rast."

Er schwang sich auf das Motorrad. „Na, dann wirst

du dich jetzt freuen." Er gab ihr ein Zeichen, hinter ihm aufzusteigen. „Ich passe auf dich auf, Peri."

„Bist du vertrauenswürdig, Ronin?"

„Nein."

Sie musterte ihn kurz, bevor sie den Helm aufsetzte, wobei sie das Visier oben ließ. Dann setzte sie sich hinter ihn. „Gibt es einen Griff, an dem ich mich festhalten kann?"

„Du kannst dich an mir festhalten."

Behutsam schlang sie ihre Arme um seine Taille. Ronin ließ den Motor an und fuhr los. Peri lehnte sich schnell nach vorn, und ihre Arme klammerten sich fest an ihn.

Er fuhr die Straße hinunter und schlängelte sich durch den Verkehr. Ihr Gewicht hinter ihm fühlte sich angenehm an. Er hatte noch nie eine Frau auf seinem Motorrad kutschiert. Verdammt, er mied Frauen generell.

Die Union Station war nicht weit entfernt. Ronin hielt an, um vor dem historischen Hauptgebäude zu parken, und ignorierte ein kurzes, nagendes Gefühl der Enttäuschung, weil die Fahrt schon zu Ende war. Er warf einen Blick auf die leuchtend orangefarbenen Buchstaben, die über dem Eingang *Union Station* verkündeten, drehte sich dann zu Peri um und half ihr, den Helm abzunehmen. Mit geröteten Wangen schaute sie zu ihm auf, und ihre Augen funkelten vor Vergnügen.

„Wenn das alles vorbei ist, wirst du mich dann irgendwann wieder auf eine Fahrt mitnehmen?", fragte sie mit heiserer Stimme.

Mist. Ronins Schwanz wurde augenblicklich hart.

Sie sah ihn genauso an, wie sie bestimmt aussehen würde, wenn er Zeit darin investieren würde, sie zu berühren, zu streicheln, und sie zu küssen.

Aber dann erinnerte er sich daran, was sie im Büro zu ihm gesagt hatte. Sie wollte sesshaft werden und sich ein Zuhause schaffen. Ronin war nicht der Typ für Haus und Hof, und würde es auch nie sein.

Er kletterte vom Motorrad. „Komm, lass uns diesen Buchladen suchen."

Sie betraten die große Halle des Bahnhofs. Ronin wartete einen Moment, bis sich seine Augen an die Umstellung vom grellen Sonnenlicht angepasst hatten. Das Gebäude war vor einiger Zeit renoviert worden, und die Halle war der Hauptwartebereich, der von Bars, dem Hotel und Geschäften eingerahmt wurde. Sie war in einem prächtigen historischen Stil dekoriert, mit viel strahlendem Weiß und Akzenten in Schwarz und Gold. Mehrere Leute schlenderten mit Koffern oder Taschen in der Hand auf dem Weg zur modernen Bahnhofshalle und zum Busbahnhof hinter dem Hauptgebäude hindurch. Er entdeckte den Buchladen und zeigte darauf.

Peri drehte sich sofort in dieselbe Richtung. Sie sah aus wie eine Frau auf einer Mission. Er konnte sich gut vorstellen, wie sie eine Expedition leitete. Er schaute sich um. Niemand schien sie zu beobachten oder sich für sie zu interessieren. *Gut.*

Sie betraten den Laden. Der kleine Raum war vollgepackt mit Regalen, die mit Büchern gefüllt waren. Ein Bücherregal in der Nähe des Eingangs enthielt eine Reihe von Werken zum Thema Eisenbahn.

Als sie an den Regalen vorbeigingen, musterte Peri den Mitarbeiter am Schreibtisch. Ein junger Mann. Sie schüttelte den Kopf. „Ich sehe Stacey nicht. Ich glaube, sie ist blond."

„Da." Er entdeckte eine junge Frau, die auf einem Hocker stand und einige Regale im hinteren Teil des Ladens sortierte.

Peri ging auf die Frau zu. „Stacey?"

Die Frau drehte sich um und keuchte, wobei die vielen Armbänder an ihrem Handgelenk klirrten. „Amber!"

„Nein, ich bin ihre Schwester, Peri."

Stacey trat vom Hocker und warf Ronin einen misstrauischen Blick zu, bevor sie sich wieder auf Peri konzentrierte. „Stimmt. Ihr seht euch ähnlich, aber es gibt ein paar Unterschiede."

„Hat sie ...?"

„Ja. Ich weiß nicht, warum sie mir etwas in den Laden geschickt hat. Es war von einem Ort namens *Punta Arenas* abgestempelt. Sie schrieb, ich solle das Paket zu einer Adresse in den Bergen bringen und es dort an einem geheimen Ort verstecken. Alles sehr geheimnisvoll." Stacey lächelte, als wäre das alles nur ein Spaß. „In ihrer Notiz stand, ich solle es niemandem außer dir sagen, wenn du vorbeikommst."

Peri verzog das Gesicht. „Die Berge?"

Diese Frau sollte niemals Poker spielen. Ronin konnte jede Emotion in ihrem Gesicht lesen. Im Geiste schüttelte er den Kopf. Er war ein Leben lang darauf trainiert worden, seine Gefühle nicht zu zeigen.

Stacey nickte. „Sie sagte, du wüsstest, wo."

„Ja", antwortete Peri. „Danke. Hast du nachgesehen, was drin ist?"

Stacey schüttelte den Kopf. „Tut mir leid. Es war klein, und der Umschlag war versiegelt."

„Danke noch mal, Stacey."

„Hey, wann kommt Amber von ihrer Reise zurück?", fragte die Blondine mit einem verwirrten Gesichtsausdruck. Sie merkte eindeutig, dass etwas nicht stimmte.

Ronin beobachtete, wie Peris Lippen zitterten, bevor sie sie fest zusammenpresste und ein Lächeln erzwang. „Bald."

Als sie den Laden verließen, legte Ronin einen Arm um ihre Schultern.

Sie sah zu ihm auf. „Sind wir ein Paar?", flüsterte sie.

„Ich dachte, du seist ... besorgt."

„Willst du mich umarmen?"

„Ich ... umarme eigentlich niemanden." Zeit, das Thema zu wechseln. „Weißt du, wo das Paket von deiner Schwester ist?"

Peri nickte. „Meine Grandma, die Mutter meiner Mutter, hatte eine Hütte oben in den Bergen. Sie liegt etwa zwei Stunden außerhalb von Denver. Amber und ich haben dort viele Urlaube mit ihr verbracht. Sie hat sie uns hinterlassen, als sie gestorben ist." Peri kniff für einen Moment die Augen zusammen. „Gott, worauf hat sich Amber da nur eingelassen? Diese ganze Geheimniskrämerei. Was soll ich nur machen, wenn sie tot ist?" Schmerz schwang in ihrer Stimme mit.

Ronin legte einen Finger an ihr Kinn und hob es an, bis sie seinem Blick begegnete. „Du weißt nicht, ob sie tot ist. Erfinde keine Albträume, sondern konzentriere dich auf die Fakten." Er griff nach ihrer Hand. „Lass uns zurück ins Büro fahren, dann hole ich meinen Wagen und wir fahren in die Berge."

Sie schniefte. „Danke. Ich glaube, jetzt brauche ich wirklich eine Umarmung."

„Ich bin nicht der Typ für Umarmungen", entgegnete Ronin, obwohl er von einem ungewohnten Drang überrumpelt wurde, sie trösten zu wollen. Er wollte sehen, wie diese schreckliche Anspannung in ihrem Gesicht verschwand.

„Jeder mag Umarmungen, Ronin. Du hast offensichtlich nur noch nicht genug Übung darin." Sie lehnte sich vor und schlang ihre Arme um ihn.

Ronin stand da und sah auf ihr kupferfarbenes Haar hinunter. Dann hob er eine Hand und drückte sie auf ihren schlanken Rücken. Sie umklammerte ihn fester, und er fuhr mit seiner Hand ihre Wirbelsäule auf und ab.

Schließlich zog sie sich zurück und sah ihn an, ein kleines Lächeln auf ihrem Gesicht. „Siehst du, so geht das. Das hat doch nicht wehgetan, oder?"

„Nein."

Ihr Lächeln verblasste, und ihr Blick fiel auf seine Lippen.

Verdammt. Das Letzte, was Ronin gebrauchen konnte, war, eine wahnsinnige Anziehungskraft für eine verletzliche Klientin zu empfinden. „Komm." Er drehte sie sanft in Richtung der Eingangstür.

Gemeinsam gingen sie durch die Haupthalle. Alles war so reibungslos verlaufen, dass Ronin nicht mit dem Angriff rechnete.

Zwei Männer stürmten von beiden Seiten auf sie zu.

Ronin sah das silberne Glitzern eines Messers, das nach ihm schlug. In Sekundenschnelle stieß er Peri aus dem Weg, bevor er einen scharfen Stich in seinem Bizeps spürte.

Er verdrängte den Schmerz, drehte sich schnell um und warf einen Arm hoch, um den nächsten Schlag abzuwehren. Er rammte seinen Unterarm gegen den Arm des Angreifers, dann versetzte er ihm einen scharfen Stoß in die Rippen.

Der Mann stöhnte, und das Messer fiel zu Boden. Jetzt hieb Ronin seine Handkante mit voller Wucht gegen die Kehle des Mannes. Sein Angreifer würgte und fiel auf die Fliesen, eine Hand an den Hals gepresst.

Dann hörte Ronin Peri schreien.

ES GING ALLES SO SCHNELL.

Peri sah entsetzt zu, wie Ronin auf den Mann einschlug, der ihn angriff. Er kämpfte mit schnellen, harten Bewegungen, die sie kaum verfolgen konnte.

Plötzlich packte ein Mann sie und riss sie zur Seite. Sie schrie auf.

Er wirbelte sie herum. „Gib es mir", knurrte er.

Er hatte einen Akzent, den sie nicht zuordnen konnte, und ein breites Gesicht mit buschigen Brauen. Sie sah, dass Ronin immer noch mit seinem Kampf beschäftigt war. Die Leute in der Nähe schrien und wichen zurück.

Peri blickte zu ihrem Angreifer auf. Das musste ein Kerl von der Seidenstraße sein. Einer der Wichser, die ihre Schwester festhielten. „Bitte tu mir nicht weh." Peri ließ Angst und Panik in ihre Stimme einfließen. Sie tat ihr Bestes, um wie versteinert zu wirken.

Der Mann entspannte sich ein wenig. „Gib mir, was du gerade eingesammelt hast, und dir wird nichts passieren."

Genau, und als Nächstes würde er ihr ein weiteres, unschlagbares Angebot machen.

Als er einen bedrohlichen Schritt näher kam, holte sie mit ihrer Hand aus ... und packte ihn bei seinen Eiern.

Der Mann stieß einen schmerzerfüllten Schrei aus, und sein Gesicht wurde aschfahl. Als er sich umdrehte, ließ Peri ihn los und stach ihm dann ihre Finger in die Augen. Mit einem gequälten Schrei holte er unbeholfen mit einer Faust aus. Sie schaffte es nicht, schnell genug auszuweichen, sodass er sie ins Gesicht traf.

Aua. Sie stolperte zurück und presste ihre Handfläche an ihre Wange.

„Peri!" Ronin erschien an ihrer Seite. Er packte den Kerl, der sie geschlagen hatte, und schleuderte ihn gegen die Wand.

Ronins brutaler Gesichtsausdruck ließ sie erschaudern, aber als ihr Angreifer versuchte, sich aufzurichten, kochte ihre Wut hoch. Sie stürzte sich auf ihn und rammte ihm ihr Knie zwischen die Beine. Er stöhnte und sackte auf den Boden.

Ronin starrte sie an.

Sie zuckte mit den Schultern. „Er hat mich wütend gemacht."

„Erinnere mich daran, dass ich das niemals riskiere."

In diesem Moment bemerkte sie das Blut an seinem Arm. „Gott, du blutest ja."

Er sah es an, als wäre es ein Mückenstich. „Nichts Lebensbedrohliches." Er packte ihren Arm und zerrte sie zum Eingang. Die Menge wich zurück, um Platz für sie zu machen. „Wie wärs, wenn wir hier verschwinden, bevor man uns Fragen stellt, die wir nicht beantworten wollen?"

Sie traten vor das Gebäude, und Peri sah ein Polizeiauto am Bordstein vorfahren.

„Nicht rennen", murmelte Ronin und zog sie nach links. „Wir sind ein ganz normales Paar, das einen Spaziergang macht."

Sie nickte und versuchte, ihr rasendes Herz zu beruhigen. Schließlich erreichten sie sein Motorrad. Sie sah, dass sein Ärmel knallrot getränkt war. „Jetzt blutest du noch stärker."

Er strich sich über den Arm. „Das ist nicht schlimm."

„Klar." Sie zog ein Halstuch aus ihrer Tasche und schob den Ärmel seines T-Shirts hoch. „Harte Jungs dürfen nicht zugeben, dass sie verletzt sind. Das verstößt gegen den Kodex." Ein böser Schnitt hatte sich in seinen muskulösen Bizeps gegraben. Die Wunde musste nicht genäht werden, aber eine ordentliche Reinigung und ein Verband wären nicht schlecht. Schnell band sie ihm das Halstuch um den Arm.

„Du hast das schon mal gemacht", stellte er fest.

„Ja. Ich habe Erfrierungen behandelt, gebrochene Knochen gerichtet und ein paar Leute vor Unterkühlung gerettet. Alle Polarführer müssen über fortgeschrittene Erste-Hilfe-Kenntnisse in der Wildnis verfügen."

Ronin streckte die Hand aus und berührte ihr Gesicht. Sein Daumen strich über ihre Wange, und sie zischte vor Schmerz.

„Das wird einen blauen Fleck geben", murmelte er.

„Nun, jedes Mal, wenn ich ihn im Spiegel sehe, werde ich mich daran erinnern, dass ich ihm seine Eier in den Hals gerammt habe."

Ronin zuckte zusammen.

Peri konnte sich ein zaghaftes Lächeln nicht verkneifen. „Aber ich gebe zu, dass meine Wange pocht, als hätte man mich mit einem Baseballschläger getroffen."

Er setzte sich auf das Motorrad. „Harte Mädels stehen zu ihren Verletzungen, was?"

Sie rutschte hinter ihm auf. „Ja, klar. Wir sind viel weiter entwickelt als harte Kerle."

Er ließ den Motor an, und die Vibrationen des Motorrads wanderten ihren Körper hinauf. Als sie auf die Straße fuhren, hielt sie sich an ihm fest und lehnte sich an seinen breiten Rücken.

Ihre Finger streiften über die harten Bauchmuskeln, und sie spürte ein Kribbeln, das sich in ihrem Bauch ausbreitete. Das waren wahrscheinlich nur die Nachwirkungen des Angriffs und des Adrenalins. Ronin war nicht so schlank und drahtig wie die Kletterer, mit denen sie oft ausging, sondern größer, stärker und viel faszinierender.

Als sie sich an Ronin Cooper schmiegte, fühlte sie sich beschützt. Sie drückte ihre Wange an seinen Rücken. Ihre Eltern hatten ihr und Amber beigebracht, sich selbst zu versorgen und unabhängig zu sein. Seit sie etwa zehn Jahre alt waren, hatten ihre Eltern ein Spiel daraus gemacht, die Mädchen mit einem Stadtplan in einer fremden Stadt abzusetzen und ihnen zu mitzuteilen, dass sie sie an einem bestimmten Ort treffen würden.

Sie hatte ihre wilde, abenteuerliche Kindheit geliebt, aber ein Teil von ihr hatte sich immer gefragt, wie es wohl gewesen wäre, ein eigenes Bett zu haben, von jemandem Kekse gebacken zu bekommen und einen Hund zu besitzen. Jemanden zu haben, der einen festhalten, beschützen und in Sicherheit wissen wollte.

Nicht, dass Ronin der Typ Mann wäre, der das wollte. Sie spürte die *„Halte Abstand"*-Schwingungen, die er ausstrahlte. Aber irgendetwas sagte ihr, dass er zu den Guten gehörte, obwohl er es selbst nicht glaubte.

Sie bogen in eine andere Straße ein und überholten ein langsam fahrendes Auto. Die Vibrationen der Maschine wirkten auf sie ein, und sie spürte, wie sich die Muskeln in seinen Oberschenkeln bewegten, als sie sich durch den Verkehr schlängelten.

Was würde er wohl tun, wenn sie ihre Hand unter sein Hemd schieben und über seine harten Bauchmuskeln streicheln würde?

Herrje! Sie war hier, um ihre Schwester zu finden, und nicht, um sich in den Mann zu verlieben, der ihr dabei half.

Sie bogen auf den Parkplatz von THS ein, und ein grimmig dreinblickender Declan schritt ihnen entgegen.

KAPITEL VIER

R onin führte Peri mit einer Hand auf dem Rücken zu den Stufen in Richtung der Büros.

Sie hatte sich in der Bahnhofshalle glänzend geschlagen. Der Gedanke, dass sie diesen Mann angegriffen hatte, ließ Ronin fast wieder zusammenzucken. Sie kämpfte hart und schmutzig, und er wollte auf keinen Fall das Opfer einer solchen Attacke sein.

„Du warst kaum dreißig Minuten weg, und schon gibt es Berichte über eine Schlägerei am Bahnhof", scherzte Dec mit einer hochgezogenen Augenbraue.

Ronin zuckte mit einer Schulter. „Sie haben zuerst angegriffen."

Dec legte eine Hand in seinen Nacken und atmete laut aus. „Geht es euch beiden gut?"

„Ja", antwortete Ronin.

Peri rollte mit den Augen. „Er blutet. Der Typ hat ihn mit einem Messer erwischt. Vielleicht muss er zu einem Arzt ..."

Ronin runzelte die Stirn. „Ich gehe doch nicht wegen eines Kratzers zum Arzt."

Oben auf der Treppe verschränkte Peri die Arme und verdrehte wieder die Augen. Dec wirkte amüsiert.

„Sie hat einen kräftigen Schlag ins Gesicht abbekommen", erklärte Ronin. „Sie braucht Eis für ihre Wange."

„Ich hole den Erste-Hilfe-Kasten und einen Kühlakku." Dec winkte sie ins Gebäude. „Das Paket?"

„In den Bergen", erklärte Ronin.

„Gut. Setzt euch, dann schmieden wir einen Plan."

Im THS-Hauptquartier gingen Ronin und Peri zum Konferenztisch hinüber.

„Alles in Ordnung bei euch?" Darcy eilte mit sorgenvoller Miene herbei.

„Bestens", erwiderte Ronin.

„Was habt ihr herausgefunden?", fragte Darcy.

„Amber hat ihrer Freundin ein Paket geschickt, und sie hat Stacey gebeten, es zu einem Ort in den Bergen zu bringen", berichtete Peri. „Es muss die alte Hütte sein, die unsere Grandma uns hinterlassen hat, nicht weit von Estes Park."

„Ich werde mit ihr dorthin fahren, um es zu holen", meinte Ronin.

Peri schenkte ihm ein kleines Lächeln, und er spürte einen Stich in seiner Brust.

„Ähm, bis zur Hütte müssen wir ein Stück wandern. Wenn wir dort ankommen, wird es schon zu dunkel sein, um umzukehren. Der Weg dorthin ist unwegsam und im Dunkeln gefährlich."

„Ihr könntet morgen früh losziehen", schlug Darcy vor.

Peri biss sich auf die Lippe. „Die Seidenstraße will uns davon abhalten, das Paket zu holen. Was, wenn sie herausgefunden haben, wo Stacey es deponiert hat? Ich will nicht ...“

Ronin nahm ihre Hand. „Wir fahren heute Nachmittag hoch. Wir nehmen Schlafsäcke und Abendessen mit und kommen gleich morgen früh zurück.“

Erleichterung blitzte in Peris Augen auf. „Danke.“ Sie wandte sich an Darcy. „Stacey sagte, das Paket sei in *Punta Arenas* abgestempelt worden.“

„Ganz im Süden von Chile“, murmelte Darcy.

„Das ist ein wichtiger Versorgungspunkt für antarktische Expeditionen und alle Stützpunkte auf der Westseite der Antarktis“, erklärte Peri.

Dec tauchte wieder auf und knallte einen riesigen Erste-Hilfe-Kasten auf den Tisch.

Peri hob eine Augenbraue. „Ich nehme an, dass ihr euch oft verletzt.“

„Ach, eigentlich nicht so oft“, antwortete Dec.

Peri sah Ronin an. „Noch ein harter Kerl.“ Sie zwinkerte ihm zu.

Ronin verspürte den Drang, zu lachen.

Darcy grinste sie an. „Da sollten auch ein paar Seile drin sein, damit man Ronin festbinden kann. Der Mann ist bekanntermaßen schwierig, wenn es um die Behandlung seiner Wunden geht.“ Darcy biss sich auf die Lippen. „Das sind sie eigentlich alle.“

„Hey, gibt es etwas Neues von Burke?“, fragte Dec.

Darcy zog die Nase kraus. „Er hat bisher nicht auf meinen Anruf reagiert.“

„Setz dich“, befahl Ronin Peri.

Er schnappte sich den Kühlakku von Dec und wickelte ihn in ein Küchenhandtuch. Als er sich wieder zu ihr umdrehte, hatte sie sich nach vorn gebeugt und fummelte im Erste-Hilfe-Kasten herum.

Sein Blick fiel auf ihre Jeanshose, die ihren Hintern knalleng umschloss. Er war rund, aber straff, und hatte genau die richtige Größe, um seine Hände zu füllen.

O Gott. Er schüttelte den Kopf und drückte den Kühlakku einen Moment lang an sich, versucht, ihn gegen seinen Schritt zu pressen. Sie drehte sich wieder zu ihm um, und als sie sich auf ihren Stuhl setzte, legte er ihr das Eis sanft aufs Gesicht. Sie zischte.

„Das könnte ein blaues Auge geben", sagte er.

„Vielleicht. Amber hat mir mein erstes blaues Auge verpasst. Wir haben uns in der achten Klasse um den unglaublich süßen Jimmy Summers gestritten. Es war eines der wenigen Jahre, in denen wir tatsächlich in den USA zur Schule gegangen sind."

„Wer hat gewonnen?"

„Unentschieden. Ich habe ihr die Nase gebrochen, sie hat mir ein blaues Auge verpasst. Wir bekamen beide *Hausarrest*, was in unserer Familie bedeutete, dass meine Eltern uns zwangen, in unserer Freizeit ehrenamtliche Arbeit im örtlichen Tierheim zu verrichten. Jimmy wandte sich dann Amanda Lewis mit ihrem langen Haar und den wachsenden Brüsten zu." Peri riss ein Päckchen auf und holte ein antiseptisches Tuch heraus. Sie beugte sich vor, schob den Ärmel hoch und nahm das blutgetränkte Halstuch ab. Dann begann sie, den Schnitt mit gleichmäßigen, geübten Wischbewegungen zu reinigen.

Ronin ignorierte das Brennen. Er hatte aufgehört zu

zählen, wie viele Messerstiche, Schusswunden und Muskelrisse er schon hatte behandeln lassen.

„Hattest du mal einen Streit um ein Mädchen, als du jung warst?", fragte sie, wobei ihre blauen Augen zu seinem Gesicht hinaufwanderten.

„Nein", antwortete er.

Sie säuberte den Schnitt und wickelte dann einen Verband darüber. „Amber hat danach mein blaues Auge geküsst. Wir haben immer aufeinander aufgepasst. Meine Mom war nicht die Art Frau, die Wehwehchen küsst. Sie hat uns immer gesagt, so etwas sei charakterbildend." Peris Schultern sanken herab. „Gott, ich vermisse meine Schwester."

Ronin nahm den Kühlakku von ihrer Wange und ergriff ihre Hand. „Wir werden alles tun, was wir können, um sie nach Hause zu bringen."

Während er sie beobachtete, knabberte Peri an ihrer vollen Unterlippe und richtete sich dann auf. Sie nickte. Die Art, wie sie sich zusammenriss, war beeindruckend. Sie betrachtete seine Wunde ein letztes Mal, dann legte sie die restlichen Utensilien sorgfältig zurück in den Erste-Hilfe-Kasten. „Wer hat deine Wehwehchen geküsst, als du noch jung warst, Ronin?"

„Niemand hat je meine *Wehwehchen* geküsst."

Ihre Augen schossen zu ihm hin, und er sah die Fragen darin aufblitzen. Er wollte nicht darauf antworten und wandte den Blick ab. Mitleid war das Einzige, was er nie gewollt und nie gebraucht hatte.

Sie rückte näher. Als er seine Augen senkte, sah er den Scheitel ihres kupferfarbenen Haares, während sie einen federleichten Kuss auf den Verband an seinem Arm drückte.

Etwas regte sich in ihm, aber er starrte sie einfach nur an. Sie sah auf, und ihre Blicke trafen sich. Ronins Sinne füllten sich mit Peri. Ihr heller, sonniger Geruch, die Wärme ihres Körpers, die Sanftheit ihres Gesichts.

„Ronin, ich kenne dich nicht sehr gut, aber ich ...“

Er starrte sie weiter an.

Sie schenkte ihm ein selbstironisches Lächeln. „Du wirst bald lernen, dass ich die Angewohnheit habe, Dinge einfach auszusprechen. Ich spiele keine Spielchen oder verstelle mich. Da ich in der ganzen Welt aufgewachsen bin, habe ich gelernt, ehrlich zu sein.“

„Peri ...“

„Ich möchte dich wirklich küssen“, flüsterte sie schnell.

Verdammt, sie machte es ihm wirklich schwer. „Peri.“

„Ich kenne diesen Unterton.“ Sie versuchte, sich zurückzuziehen.

Er hätte sie loslassen und den Moment entgleiten lassen sollen, aber aus irgendeinem Grund hielt Ronin sie fest.

„Es ist okay“, eilte sie sich zu sagen. „Du fühlst dich nicht zu mir hingezogen. Das verstehe ich.“

„Natürlich tue ich das.“ Er zuckte bei dem tiefen Knurren in seiner Stimme fast zusammen.

Sie zerrte an ihrer Hand. „Du musst das nicht sagen ...“

Er zog sie nach vorn, bis sich ihre Lippen berührten. Es war nur eine kurze Verbindung, die ihm einen kleinen Vorgeschmack auf sie gab.

Sie blinzelte, und ihr Blick wanderte zu seinen Lippen.

„Du bist eine Klientin …"

Sie hob eine Braue. „Das ist eine faule Ausrede, Ronin. Ich weiß, dass dein Boss eine Klientin geheiratet hat."

„Ich bin kein netter Kerl, Peri. Ich war an Orten und habe Dinge getan, die du dir nicht vorstellen kannst."

„Das haben wir alle, Ronin. Das heißt aber nicht, dass wir uns nicht bessern oder andere Dinge für unser Leben wollen können."

„Ich bin nicht der Typ für ein Zuhause. Ich hatte noch nie eins, zumindest kein gutes. Ich bin am besten, wenn ich in Bewegung bleibe, und ich arbeite am liebsten im Dunkeln und mache die Jobs, die sonst keiner machen will."

Ihre Augen suchten sein Gesicht ab. „Vielleicht hast du das Licht einfach bisher nicht ausprobiert? Außerdem bedeutet das alles nicht, dass du allein sein musst."

„Ich werde nie ein Haus mit Gartenzaun oder einen Hund haben." Zum ersten Mal in seinem Leben bedauerte er das. „Und es klingt, als hättest du all diese Dinge verdient." Er stand auf. „Ich hole meinen Truck und schmiede ein paar Pläne mit Dec. Die Seidenstraße beobachtet uns. Wir müssen sicherstellen, dass sie uns nicht in die Berge folgen."

***

RONIN WARF einen Blick in den Rückspiegel, sah aber niemanden, der sie verfolgte, als sie dem Highway hinauf in die Rocky Mountains folgten.

Fünf Fahrzeuge waren vom Parkplatz des THS-Hauptquartiers losgefahren, mit Ronin, Dec, Logan, Cal und Hale Carter am Steuer. Sie hatten alle Umwege durch Denver gemacht, um jeden abzuschütteln, der ihnen folgte. Peri hatte sich versteckt gehalten, bis Ronin ihr Entwarnung gegeben hatte, nachdem er Denver hinter sich gelassen hatte.

Jetzt saß sie neben ihm und starrte aus dem Fenster. Die Straße war von üppigen, grünen Bäumen gesäumt.

„Deine Grandma hat also hier oben gelebt?", fragte er. „Hast du dir deshalb Denver als Wohnort ausgesucht?"

Peri nickte. „Mom und Dad haben Amber und mich mindestens einmal im Jahr bei Gram abgeladen. Sie war eine verrückte alte Dame, aber ich habe sie geliebt. Mein Grandpa starb, als meine Mom noch klein war, aber sie erzählte immer, dass Gram ihnen ein gutes Leben ermöglicht hat." Peri lächelte. „Ich liebte sie und die Berge. Die Landschaft, das Klettern in den Bäumen mit Amber, und Grandmas selbst gebackene Kekse. Ich bin hier oben sogar zum ersten Mal geklettert. Die Berge haben einfach etwas, das Ehrfurcht und Frieden auslöst."

Er starrte auf die Aussicht und auf die Berge vor ihm. Der Anblick war atemberaubend, und er verstand, was sie meinte.

„Vermisst du es, ein Navy SEAL zu sein?", fragte sie.

Ronins Hände krümmten sich am Lenkrad. „Nein.

Für THS zu arbeiten, bedeutet weniger fliegende Kugeln." Normalerweise.

„Als ich über THS recherchiert habe, habe ich festgestellt, dass du auch für die CIA gearbeitet hast."

„Ja." Als er nichts weiter sagte, spürte er, dass sie ihn ansah, und er umklammerte das Lenkrad.

„Mach dir keine Sorgen, Ronin. Wenn du nicht darüber reden willst, musst du es auch nicht."

Als er zu ihr sah, blickte sie wieder aus dem Fenster. Sie schien nicht verärgert zu sein. Er hatte schon mehr als ein paar Frauen getroffen, die gereizt reagiert hatten, wenn er sich geweigert hatte, ihnen von seiner Vergangenheit zu erzählen.

Sie fuhren weiter und passierten die Bergstadt Estes Park. Er wusste, dass dies ein Ausgangspunkt für alle war, die in den *Rocky Mountain National Park* wollten, und die Hauptstraße war voller Geschäfte, Restaurants und Galerien. Hier war das ganze Jahr über viel los.

Bald bogen sie auf eine kleinere Straße und dann auf einen noch schmaleren Feldweg ab, der einen Hügel hinaufführte. Als Peri ihm sagte, er solle an einem baufälligen Tor mit abblätternder weißer Farbe anhalten, wusste er, dass sie nur noch etwa eine Stunde Sonnenlicht zur Verfügung hatten.

„Wir haben die Straße nicht instandgehalten", erklärte sie. „Ich will die Hütte renovieren, aber ich war mit meiner Kletterhalle und meinem Haus beschäftigt."

Sie stiegen aus und schnallten ihre Rucksäcke an. Ronin folgte Peri durch das Tor, und sie machten sich auf den Weg hinauf zur Hütte. Der Boden war rau und zerfurcht. Der Pfad musste dringend repariert werden, und er wusste jetzt, dass Peri recht gehabt hatte. Im Dunkeln wäre die Wanderung ziemlich schwierig gewesen.

Es dauerte fast eine Stunde, bis sie den Wald hinter sich gelassen hatten, und die Aussicht ließ selbst Ronins müde Sinne innehalten, um alles aufzunehmen. Die untergehende Sonne tauchte das Tal in ein gold-orangefarbenes Licht. Das Grün der Bäume zog sich den Berg hinunter, und er atmete tief ein, um ihren Duft in sich aufzunehmen.

„Ziemlich außergewöhnlich, nicht wahr?", fragte Peri.

Er sah sie an und bemerkte, dass ihr Gesicht so entspannt war wie nie zuvor, seit er sie zum ersten Mal auf einem überfüllten Hochzeitsempfang gesehen hatte. „Ja. Sehr bemerkenswert."

Ihre Wangen erröteten und sie blickte wieder zur Landschaft. „Wenn man hier ist und die frische Luft einatmet, fühlt es sich an, als würde die Seele zur Ruhe kommen."

Ronin war sich nicht sicher, ob er seine Seele beruhigen oder sich anhören wollte, was sie zu sagen hatte. „Es wird bald dunkel werden. Lass uns zur Hütte gehen und das Paket suchen."

Sie nickte und deutete nach vorn. In diesem Moment bemerkte er die Hütte zwischen den Bäumen. Es war ein einfacher Bau aus Holzstämmen mit einer Veranda an der Vorderseite, auf der ein paar solide Holzstühle standen. Sie wirkte etwas baufällig, war aber gut erhalten.

Peri joggte die Stufen hinauf und stieß die unverschlossene Tür auf. Der Wohnbereich war nicht groß, die

Küche hatte Briefmarkengröße, und er sah nur drei Türen für die beiden Schlafzimmer und das Bad.

„Es ist ein wenig staubig hier drin." Peri ging zu einem Tisch hinüber, stellte ihren Rucksack ab und zog eine Öllaterne in die Mitte des Tisches. Sie knipste sie an, und der Raum wurde von einem goldenen Schein erhellt. „Amber war vor Kurzem hier oben und hat hier übernachtet. Sie meinte, sie hätte sich mit Öl und Feuerholz eingedeckt."

Die Erwähnung ihrer Schwester ließ Peris Gesicht vor Sorge erstarren. Dann straffte sie die Schultern und marschierte zur nächsten Tür. Als sie sie öffnete, erblickte Ronin ein kleines Zimmer mit zwei Einzelbetten.

Peri lächelte. „Das war unser Zimmer. Oma hat unsere Betten immer mit passenden rosa Bezügen bezogen, die wir beide gehasst haben." Die verhassten Bezüge waren jetzt längst verschwunden und die Matratzen nackt. Sie ging in die Mitte des Zimmers und drückte mit ihrem Stiefel auf den Boden.

Die Holzdiele quietschte.

Peri kniete sich hin und hob sie hoch. „Unser Geheimversteck." Sie griff unter die Diele, zog ihre Hand heraus und hielt einen kleinen roten Karabiner hoch. Sie lächelte wieder. „Der stammt vom ersten Mal, als ich klettern ging. Oma hat die Tour zusammen mit dem Sohn einer Freundin von ihr organisiert. Er war in seinen Zwanzigern und hatte alle Hände voll zu tun, zwei Teenager-Mädchen zu unterrichten, die in ihn verknallt waren." Sie legte den Karabiner zur Seite. Dann zog sie ein gefaltetes Stück Papier hervor. Sie klappte es auf, und der Schmerz überzog ihr Gesicht.

Er betrachtete die krakelige Schrift und entschied, dass sie nicht von Peri stammte.

„Der ist von Amber", erklärte Peri. „Sie beschreibt, wie sie sich in einem Sommer in einen Jungen verliebt hat, der in einer Hütte am Ende der Straße wohnte." Als Nächstes zog Peri einen kleinen, versiegelten Umschlag hervor. Ihre Finger umklammerten ihn.

„Peri?"

„Mir geht es gut." Sie riss ihn auf. Ein kleiner schwarzer USB-Stick fiel auf ihre Handfläche. „Das ist es."

Aber was er genau enthielt, würden sie erst erfahren, wenn sie wieder in Denver waren. Unfähig, sich zurückzuhalten, streckte er die Hand aus und nahm Peris. „Das ist ein erster Schritt auf dem Weg, deine Schwester zu finden."

DARCY SASS in dem nun ruhigen Lagerhaus, genoss die Ruhe und überprüfte einige der tiefgreifenden Suchvorgänge, die sie laufen hatte. Die meisten von ihnen waren ... nicht ganz legal.

Alle anderen hatten bereits Feierabend gemacht. Alle hatten jemanden, mit dem sie nach Hause gingen, nur sie nicht.

Darcy ignorierte das Stechen in ihrer Brust und klopfte auf die Seite ihres schlanken Bildschirms. Ihr Computer-

system war alles, was sie brauchte, um sich selbst herauszu-
fordern und zu unterhalten. Nun, das und ihr gut
bestückter Vibrator, der zu Hause neben ihrem Bett lag.

Mit einem Grinsen holte sie ihr Handy heraus, doch
ihr Lächeln verwandelte sich in ein Stirnrunzeln. Immer
noch kein Anruf von Special Agent *Ich-habe-das-Sagen-
und-du-wirst-das-nie-vergessen*. Sie hatte dem Mann drei
Nachrichten hinterlassen. Das Arschloch ging ihr aus
dem Weg.

Sie warf einen Blick auf ihre schlanke, silberne Uhr.
Es war schon spät in DC, aber irgendetwas sagte ihr, dass
er noch im Büro sein würde. Sie schob ihren Stuhl näher
an den Computer heran und machte sich an die Arbeit.
Ihre Finger flogen über die Tastatur.

Darcy liebte Computer. Das bedeutete nicht, dass sie
Menschen nicht mochte, aber Programmierung hatte
etwas so Stimmiges an sich. Alles war logisch und unter
ihrer Kontrolle.

Aha. Sie studierte die Informationen auf ihrem Bildschirm und sah, dass ein bestimmter FBI-Agent noch
angemeldet war. Sie hielt inne. Das war höchst illegal.
Das FBI mochte es wirklich nicht, wenn sich jemand ins
System hackte. Sie schürzte ihre Lippen. Andererseits
hatte sich Burke schon mehr als einmal in ihr System
gehackt. Sie hatte vielleicht nicht ein ganzes Team von
technischen Genies zur Verfügung wie er, aber sie war
mehr als fähig, sich ins System des FBI zu hacken, ohne
dass es jemand bemerkte.

Darcy lehnte sich über ihre Tastatur. Einen Moment
später konnte sie sich einen Faustschlag gerade noch

verkneifen. *Ja.* Ein Bild von Special Agent Alastair Burke erschien auf ihrem Bildschirm.

Er saß an seinem Schreibtisch und runzelte die Stirn über irgendwelchem Papierkram. Er hatte nicht bemerkt, dass sich die Kamera seines Laptops eingeschaltet hatte, und sie hatte einen Moment Zeit, ihn einfach nur anzuschauen. Er war so ernst. Sein Gesicht konnte man nicht wirklich als gut aussehend bezeichnen. Dafür war es ein wenig zu hart und konzentriert.

Aber bei Gott, der Mann zog die Blicke auf sich. Er konnte sie in den Wahnsinn treiben, aber wenn man sich auf seinen Körper konzentrierte, von dem sie wusste, dass er ihn mit äußerster Präzision trainierte, und den Anzug und das Pistolenhalfter …

„Darcy? Was zum Teufel?" Er sah sie mit gerunzelter Stirn direkt an.

Sie richtete sich auf. „Du hast mich nicht zurückgerufen."

„Und deswegen hast du das FBI gehackt?"

Wie konnte er es wagen, so schockiert zu klingen. „Du hackst dich doch ständig in mein System!"

Er murmelte einen Fluch und stand auf. Sie hatte einen guten Blick auf sein weißes Hemd, das in eine dunkle Hose gesteckt war – es war ziemlich glatt, weil Burke offenbar selbst Hemdfalten einschüchterte –, und auf die Pistole im Holster. Sie räusperte sich und sah zu, wie er seine Bürotür schloss, bevor er sich wieder setzte.

„Lass dich nicht erwischen", knurrte er. „Ich werde deinen hübschen Arsch nicht retten, wenn du in einer Zelle landest."

Durften FBI-Agenten *Arsch* sagen? *Moment.* Er

hatte ihren *Hintern* bemerkt. Ein Gefühl durchzuckte Darcy, dann zwang sie es zurück. *Nein. Niemals, Verdammt, nein.* Darüber wollte sie nicht nachdenken.

„Wir haben einen Auftrag." Jetzt war ihr Tonfall angemessen geschäftsmäßig. „Ich hatte gehofft, ein paar Informationen von dir zu bekommen ..."

„Ich habe dir nichts zu sagen."

Sie kniff die Augen zusammen. „Burke, ich bin dabei, meinen Bruder und seine Freunde in die Antarktis zu schicken ..."

„Antarktis?" Ein Muskel in seinem Kiefer zuckte. „Sag Dec, er soll nicht gehen."

„Die Schwester unserer Klientin wurde von der Seidenstraße dorthin gelockt. Sie ist verschwunden, und ihr Leben ist in Gefahr. Wir sehen nicht tatenlos zu, wie unschuldige Menschen von diesen Mistkerlen verletzt und getötet werden. Und wenn ich mich recht erinnere, gilt das auch für dich."

„Scheiße." Er fuhr sich mit der Hand durch sein dunkles Haar. „Ich habe keine Zuständigkeit in der Antarktis, Darcy. Aber ich habe Gerüchte gehört, dass dort etwas vor sich geht. Es sind Akteure beteiligt, die meine Gehaltsklasse übersteigen."

Verdammt. Das hörte sich nicht gut an. „Kannst du mir dazu etwas sagen?"

„Nein."

„Bitte." Sie würde alles nehmen, was helfen könnte, Dec und die anderen am Leben zu erhalten. „Ich würde es als einen persönlichen Gefallen betrachten."

Er starrte sie an, und sie fand sich in tiefgrünen Augen gefangen.

„Ich würde dir etwas schulden", fügte sie leise hinzu. Dec hatte gerade geheiratet, war verliebt und glücklich. Logan war Hals über Kopf in Sydney verliebt. Und Ronin betrachtete Peri Butler auf eine Weise, wie Darcy ihn noch nie bei einer Frau erlebt hatte. Sie wollte, dass sie alle sicher von dieser Mission nach Hause kamen.

Burkes Blick wurde schärfer. „*Du* wirst mir etwas schulden. Nicht Declan. Nicht THS."

Ihr Herz klopfte heftig. Warum hatte sie plötzlich das Gefühl, mit dem Teufel zu tanzen und ihre Seele zu verpfänden? „Abgemacht."

„Sag Dec, er soll nicht dorthin reisen." Burke seufzte, als ob er wüsste, dass seine Ansprache keine Wirkung haben würde. „Es gab jede Menge Gerüchte über die Seidenstraße und eine streng geheime Mission in der Antarktis. Mein Team hat alles an ein anderes Team übergeben."

„Das mysteriöse Team in Schwarz mit seinen Drohnen? Die Leute, die erst schießen und dann Fragen stellen?"

„Sie gehören zu den Guten."

„Klar."

„Ein weiterer hochrangiger Anführer der Seidenstraße soll involviert sein, Darcy. Sag Dec, er soll auf *alles* gefasst sein." Burke stützte sich mit den Unterarmen auf dem Schreibtisch ab, wobei er sie intensiv ansah. „Ich werde unsere Leute warnen, dass THS ein Team vor Ort stationiert."

Das war wenigstens etwas. Verbündete waren immer willkommen. „Siehst du, das war doch gar nicht so schwer. Du hättest mich einfach zurückrufen sollen."

„Wenn du einen Mann suchst, der dir immer zur Verfügung steht, Darcy, dann bin ich der Falsche."

Definitiv nicht. Alastair Burke trug den Stempel herrisch, autoritär und Alphamännchen. Er hatte nichts mit den charmanten, erfolgreichen Geschäftsleuten gemein, mit denen sie sich verabredete. Sie schenkte ihm ein Lächeln. „Kein Mann hat sich je beschwert."

In seinem Blick blitzte etwas auf, und seine Stimme wurde leiser. „Treib es nicht zu weit, Darcy."

Plötzlich hatte sie das Gefühl, auf wackligem Boden zu stehen. „Nun, da du dich in mein System gehackt hast und ich in deins, sind wir quitt. Du hältst dich von meinen Computern fern und ich mich von deinen."

Ein schwaches Lächeln umspielte seine harten Lippen. „Wir werden sehen. Gute Nacht, Darcy."

„Gute Nacht, Agent Burke."

„Und vergiss nicht … du schuldest mir was." Der Bildschirm wurde dunkel.

Ohhh. Darcy streckte dem leeren Bildschirm die Zunge raus. Der Mann musste immer das letzte Wort haben.

KAPITEL FÜNF

Peri saß auf einem der Stühle auf der Terrasse, die Beine unter sich angezogen, und mampfte ihr Sandwich.

Es war Nacht geworden, und sie genoss es, der friedlichen Stille zu lauschen und den erstaunlichen Sternenhimmel zu betrachten. Der Anblick war einfach atemberaubend.

Sie fragte sich, ob auch Amber gerade zu den Sternen hinaufschaute. Peri spürte einen stechenden Schmerz in ihrer Brust. Der kleine USB-Stick lag schwer in ihrer Tasche, und sie wollte unbedingt wissen, was sich darauf befand.

Neben ihr saß Ronin ruhig auf seinem Stuhl. Die Stille war nicht unangenehm. Sie mochte es, dass er nicht das Bedürfnis hatte, das Schweigen mit Small Talk zu füllen. Er besaß diesen ruhigen Kern aus Stahl, der ihr sehr gefiel.

„Danke, dass du mir hilfst", sagte sie.

„Du brauchst mir nicht zu danken. Das ist mein Job."

Sein Job. Klar doch. „Ich komme mir jetzt dumm vor, weil ich dich und deine Freunde ausspioniert habe."

„Wenn man mit der Seidenstraße zu tun hat, ist es sinnvoll, niemandem zu vertrauen." In dem schwachen Licht des Fensters wirkten seine Augen noch dunkler als sonst. „Und wie ich dir schon sagte, du *solltest* mir nicht trauen."

Er hatte einfach das Bedürfnis, sie immer wieder vor ihm zu warnen. „Warnst du alle Frauen vor dir?"

Sein Mund verzog sich zu einem finsteren Blick.

Hmm. Peri glaubte nicht, dass viele Frauen ihn auf seine düstere Stimmung ansprachen. Wahrscheinlich wurden sie schon von seinem gefährlichen Gesichtsausdruck abgeschreckt. Aber Peri war aus härterem Holz geschnitzt. Sie nahm einen weiteren Bissen von ihrem Sandwich, kaute und schluckte. „Du bist also zu groß, böse und gefährlich?"

Er warf ihr einen scharfen Blick zu, und seine Augen wurden noch düsterer.

Peri unterdrückte ein Lächeln. „Als ich aufwuchs, habe ich einige der zwielichtigsten und gefährlichsten Hinterhöfe der Welt gesehen." Da sie in so viele Länder gereist war, hatte sie schon einiges erlebt. „Tut mir leid, aber du bist nicht groß, böse und dunkel, Ronin. Du bist maximal leicht grau."

Er blinzelte.

„Du hast für dein Land gekämpft und dein Leben dem Schutz desselben gewidmet. Ich weiß nicht, was du für die CIA getan hast, und ich kann sehen, dass dich das gezeichnet hat, aber du hast für die Guten gekämpft."

„Manchmal müssen die Guten auch schlimme Dinge tun."

Der vergrabene Schmerz in seiner Stimme tat ihr im Herzen weh. „Das macht dich aber nicht schlecht."

Sie saßen eine Weile in der Dunkelheit, und die Stille wurde nur durch das Rascheln eines kleinen Tieres im nahen Gebüsch unterbrochen.

„Bist du aus Denver?", fragte sie.

„Nein."

Sie unterdrückte einen Seufzer. Offensichtlich war dies ein weiteres Thema, das nicht diskutiert werden durfte.

„New York", meinte er abrupt.

„Wirklich? Hast du dort Familie?"

„Ich habe keinen Schimmer. Ich wurde als Säugling in einer Gasse ausgesetzt. Man hat mich in eine Decke gewickelt. Ich war drogenabhängig."

Sie holte scharf Luft. Sein Tonfall war monoton, emotionslos. „Es tut mir leid ..."

„Es gibt nichts, was dir leidtun müsste." Er rieb sich den Nacken und sah ein wenig überrascht aus, weil er überhaupt etwas gesagt hatte. „Es ist eine hässliche Geschichte, aber sie gehört der Vergangenheit an."

Aber das stimmte nicht. Peri merkte es.

Er stand abrupt auf. „Ich möchte noch eine Runde durch die Hütte drehen, bevor wir schlafen gehen."

Sie setzte sich auf. „Glaubst du, die Seidenstraße könnte uns gefolgt sein?"

„Ich bezweifle es. Aber ich gehe nie ein Risiko ein."

Natürlich tat er das nicht. Er war der Mann, der in der Dunkelheit Sicherheitskontrollen durchführte, damit andere beruhigt schlafen konnten. Sie griff in ihre Tasche und spürte das leichte Gewicht des USB-Sticks darin.

Ronin streckte die Hand aus und berührte ihre Wange. Eine federleichte Geste. „Bleib stark. Deine Schwester hat dir einen Hinweis hinterlassen, damit wir sie finden können."

Mit zugeschnürter Kehle nickte Peri. Er zog sich zurück, und eine Sekunde lang vermisste sie seine Berührung. Sie fühlte eine solche Anziehungskraft zu diesem Mann. Er war wie ein schwarzes Loch: geheimnisvoll, gefährlich und unaufhaltsam.

„Gute Nacht, Peri." Er drehte sich um und verschwand in der Dunkelheit.

PERI WACHTE mit einem Schreck auf.

Fast wäre sie aus dem schmalen Einzelbett gerollt, bevor sie sich fangen konnte. Die Dunkelheit war dicht und undurchdringlich, und sie brauchte eine Sekunde, um sich zu erinnern, wo sie war.

Hütte. Ambers USB-Stick. Ronin.

Sie hörte ein weiteres Geräusch. Ein tiefes, maskulines Knurren. Peri setzte sich auf, griff unter ihr Kopfkissen und holte den USB-Stick hervor, den sie schnell in den Bund ihrer Yoga-Leggings schob, da sie unter ihrem lockeren Tanktop keinen BH trug und keine Hosentaschen hatte. Als sie aus dem Bett kletterte, hörte sie ein schrilles Geräusch aus dem benachbarten Schlafzimmer.

Sie runzelte die Stirn. Es klang, als hätte Ronin einen Albtraum.

Auf Zehenspitzen schlich sie in das andere Zimmer und war froh, dass sie den Grundriss der Hütte auswendig kannte. Als sie das Zimmer erreichte, warf das Mondlicht einen Schimmer auf das Doppelbett. Ronin lag mit freiem Oberkörper in seinem leichten Schlafsack und zappelte.

„Nein!", rief er. „Mistkerle!"

Peri trat näher an das Bett heran, war sich aber nicht sicher, ob sie ihn berühren sollte. Sie sah, dass seine Muskeln verkrampft waren.

„Ronin ..."

Er sprang vom Bett und brachte sie zu Fall. Es ging so schnell, dass ihr die Luft wegblieb, als sie mit dem Rücken auf den Dielen aufschlug. Sein schweres Gewicht landete auf ihr und drückte sie auf den Boden.

Sie blickte auf und konnte gerade noch seine glitzernden, wilden Augen erkennen.

Sie holte tief Luft. „Ronin." Sie versuchte, ihre Stimme ruhig zu halten. „Ich bin es, Peri."

Er erstarrte. „Peri?"

„Ja. Du hast ... geträumt." *Oder besser gesagt, einen höllischen Albtraum erlebt.*

Ein Teil der Anspannung fiel von ihm ab. „Peri."

„Ja, genau." Sie streckte ihre Hand aus und strich über sein dunkles Haar. Er trug es kurz, aber es war dicht und seidig. „Jetzt ist alles in Ordnung."

„Scheiße, es tut mir leid. Du hättest nicht hierherkommen sollen. Ich hätte dich verletzen können."

„Falls du es noch nicht bemerkt hast, ich habe keine Angst vor dir."

Sie spürte seinen Blick über ihr Gesicht wandern. „Das solltest du aber."

Dann beugte er sich herunter und versetzte ihr einen Schock, als sein Mund mit ihrem verschmolz.

O Gott. Hitze durchflutete Peri, und als sich ihre Lippen öffneten, überwältigte er sie. Seine heiße Zunge drang in ihren Mund ein und erkundete ihn. Ein elektrisierendes Kribbeln schoss durch sie hindurch, während sie zärtlich mit seiner Zunge spielte.

Stöhnend klammerte sie ihre Hände in sein Haar. Sein Körper fühlte sich so groß und hart auf ihrem an. O Mann, der Mann konnte küssen. Und er tat es mit der gleichen Intensität, mit der er alles andere anpackte.

Sie schubste ihn leicht, sodass sie über den Boden in Richtung Bett rollten. Ronin stöhnte und nutzte ihren Schwung, um sie auf sich zu ziehen. Peri presste ihre Hüften auf seine, legte ihre Handflächen auf seine nackte Brust und fühlte die Wärme seiner Haut und seiner straffen Muskeln.

Mit einer weiteren Drehung beförderte Ronin sie auf ihren Rücken und presste sie auf den Boden. Sie konnte seinen harten Schwanz, der nur von einer leichten Sporthose verhüllt war, zwischen ihren Beinen spüren. Peri stöhnte laut auf, bevor sie seinen Nacken packte und ihn leidenschaftlich küsste. Sie wollte mehr von ihm. Alles, was er zu geben hatte.

Ein Piepsen durchbrach den feurigen Dunst des Verlangens.

Mit einem Fluch riss Ronin seinen Mund von ihren Lippen. Er schnellte hoch und schnappte sich sein Handy vom Nachttisch.

Peri setzte sich auf, schob sich ihr Haar aus dem Gesicht und versuchte, ihre außer Kontrolle geratenen Hormone zu beruhigen. „Was ist los?"

Er stieß einen weiteren Fluch aus und starrte auf sein Handy. „Als ich vorhin meinen Rundgang gemacht habe, habe ich draußen ein paar kleine Infrarotkameras aufgestellt."

Natürlich hatte er das. Sie ahnte, dass man einen Soldaten und Special Agent zwar aus dem Dienst holen konnte, aber den Dienst nicht aus dem Soldaten. „Und?"

Er zog sich ein Hemd über den Kopf und schlüpfte in seine Stiefel. „Zieh dir Schuhe an und sieh zu, dass du den USB-Stick einpackst." Er neigte sein Handy zu ihr.

Peri sah sofort die zusammenlaufenden Farbkleckse, und ihr Herz schlug ihr gegen die Rippen.

„Ein siebenköpfiges Team rückt an und umstellt die Hütte. Wir müssen los. Sofort."

SOBALD RONINS STIEFEL den Boden berührten, streckte er sich und half Peri aus dem Fenster.

Er presste seinen Mund an ihr Ohr. „Bleib ruhig und geh direkt auf die Bäume zu." Er nahm ihre Hand und gemeinsam joggten sie los.

Er hatte seine Glock in den Hosenbund gesteckt, aber er hoffte, dass sie den Schutz der Dunkelheit nutzen konnten, um ihren *Gästen* zu entgehen. Wie zum Teufel hatten die Söldner der Seidenstraße sie gefunden? Sie mussten einen Peilsender an seinem Wagen angebracht haben. Er knirschte mit den Zähnen. Das hätte er wirklich überprüfen sollen.

Im Moment musste er sich jedoch darauf konzentrieren, Peri in Sicherheit zu bringen.

„Wie lautet der Plan?", flüsterte sie.

„Von hier verschwinden. Dann einen Weg zurück nach Denver finden. Selbst wenn wir es zu meinem Truck zurückschaffen, haben sie ihn wahrscheinlich schon fahruntüchtig gemacht."

„Kannst du Dec nicht eine Nachricht schicken?"

„Kein Signal. Die Seidenstraße stört es."

Peri murmelte einige interessante Flüche vor sich hin, und trotz ihrer misslichen Lage musste Ronin sich ein Lächeln verkneifen.

„Etwas weiter westlich gibt es eine Felswand, die man hinabklettern kann", schlug sie vor. „Sie ist ohne Ausrüstung machbar, wenn man sie kennt."

„Und du kennst sie."

„Klar, natürlich." Ihr Unterton war trocken. „Obwohl ich es noch nie in meinem Pyjama, ohne BH und in der Dunkelheit versucht habe."

Ronin hielt ruckartig inne. „Du trägst keinen BH?" Bilder schossen ihm durch den Kopf.

„Das ist das, was du gehört hast?", gab sie amüsiert zurück. „Typisch Mann."

„Ich bin halt auch nur ein Kerl."

Das Geräusch von Stimmen in der Nähe brachte ihn dazu, sich wieder zu konzentrieren. Er zerrte sie weiter und erhöhte die Geschwindigkeit. Äste peitschten ihm ins Gesicht.

„Hier", flüsterte sie.

Die Bäume lichteten sich, und sie erreichten einen felsigen Grat. Im Mondlicht sah er die Felswand unter ihnen.

„Da ist ein riesiger, schräger Riss, der da runterläuft." Peri hockte sich hin, und das Mondlicht ließ ihre nackten Schultern schimmern. „Es gibt viele gute Griffe und Tritte."

Ihr Tonfall war forsch und sachlich geworden. Ronin wusste, dass er gerade einen Blick auf die Kletterlehrerin und Expeditionsführerin erhaschte.

„Nimm dir Zeit", fügte sie hinzu. „Teste jeden Griff. Wir haben keine Ausrüstung, daher gibt es keinen Spielraum für Fehler."

„Verstanden." Er beobachtete, wie sie einen Fuß über die Kante setzte. „Peri?" Als sie aufblickte, drückte er ihr einen schnellen, kurzen Kuss auf die Lippen. „Sei vorsichtig."

Sie nickte und begann hinabzusteigen. Ronin setzte seinen Stiefel in eine Ritze und folgte ihr.

Vorsichtig und stetig kletterten sie nach unten. Er bemerkte, dass Peri sich ein wenig entspannt hatte. Sie war in ihrem Element und hatte wahrscheinlich die Leute vergessen, die oben nach ihnen suchten. Sie bewegte sich mit Leichtigkeit und einer gewissen sportlichen Anmut. Selbst in der Dunkelheit konnte er erkennen, dass sie eine wirklich gute Kletterin war.

Plötzlich ertönten Stimmen direkt über ihnen.

„Scheiße! Colston wird uns den Arsch aufreißen."

„Weit können sie nicht gekommen sein."

Ronin hielt inne und blickte nach oben. Er sah Taschenlampen aufblitzen. Knapp unter ihm erstarrte

Peri. Verdammt, wenn die Wichser direkt nach unten schauten, würden sie ihn und Peri entdecken.

Er rutschte weiter und kletterte auf Peris Höhe hinab. Ronin bedeckte ihren Körper mit seinem, um ihr so viel Schutz zu bieten, wie er konnte, und drückte sie gegen den Felsen.

Eine Taschenlampe leuchtete nach unten, nur ein paar Meter von ihnen entfernt. Er hörte Peris schnelles Atmen.

„Alles in Ordnung", murmelte er an ihrem Ohr. Er hatte sich schon so oft versteckt und abgewartet, ob er vom Feind entdeckt werden würde. „Denk an eine Situation, in der du dich gut fühlst."

„Wenn ich dich küsse."

Er erstarrte. *Scheiße.* „Etwas, bei dem ich in einer gefährlichen Situation keinen Ständer bekomme."

Sie kicherte fast lautlos. Dann wackelte sie mit dem Hintern.

Ronin kraulte ihren Nacken. „Hör auf damit. Wir müssen weiter. Sie sind weg."

„Weg?" Sie schaute auf. „Stimmt. Die bösen Jungs sind weitergezogen."

Er lächelte. „Komm schon. Lass uns von dieser Felswand verschwinden." Er zwang sich von ihrem Körper weg und redete sich ein, dass er die Berührung nicht vermissen würde.

Es dauerte noch ein paar Minuten, bis sie den Rest der Klippe hinunter navigiert waren.

Unten angekommen, wischte sich Peri die Hände ab. „Also, was jetzt?"

„Können wir von hier aus zu einer Hauptstraße gelangen?", fragte er.

Sie nickte. „Wir können dorthin zurückkehren, wo wir hergekommen sind. Es ist nur ein kurzer Weg, aber du weißt ja, dass er holprig ist. Wir werden langsam gehen müssen."

„Nun, diese Scheißkerle sind hierhergewandert, um uns zu überraschen ..."

Sie wurde hellhörig. „Dann haben sie irgendwo ihre Fahrzeuge zurückgelassen."

Er nickte.

„Raffiniert." Ihre Zähne schimmerten in der Dunkelheit. „Ich mag es, wie du denkst. Ich hoffe, du kannst ein Auto kurzschließen."

Sie machten sich auf den Weg durch die Bäume. „Das gehört zu den Standardfähigkeiten eines Special Agents."

Sie lachte verblüfft. „Hast du gerade einen Scherz gemacht?"

„Vielleicht." Gott, keine andere Frau hatte ihn jemals zuvor so oft zum Lächeln gebracht.

„Ich mag dich, Ronin Cooper."

Mit diesem Geständnis ging sie weiter. Ronin folgte ihr. Er mochte sie auch. Und er hatte keine Ahnung, was zum Teufel er dagegen tun sollte.

KAPITEL SECHS

Als Peri und Ronin in ihrem von der Seidenstraße geliehenen Fahrzeug auf den THS-Parkplatz fuhren, war die Morgendämmerung gerade dabei, den östlichen Horizont in rosa und goldene Streifen zu tauchen. Das Lagerhaus war hell erleuchtet, daher vermutete sie, dass das Team wach und bei der Arbeit war.

Das Adrenalin ihrer Flucht war längst verflogen, und Peri hatte es geschafft, auf der Rückfahrt zu dösen. Sie rieb sich die nackten Arme und strich sich dann durchs Haar. Sie unterdrückte ein Stöhnen. Es war ein hoffnungslos verfilztes Rattennest.

Sie gingen die Stufen zum Gebäude hinauf, und in diesem Moment bemerkte sie, dass Ronin keine Socken zu seinen Schuhen trug, und sie selbst war noch immer in ihren Pyjama gekleidet, ohne BH. Sie sahen aus wie Schiffbrüchige. Er hielt ihr die Tür auf und winkte sie hinein.

„Was zum Teufel?" Dec erschien. „Ich habe deine

Nachricht vor einer Stunde erhalten. Seid ihr beide okay?"

„Nein, dank der Seidenstraße", erklärte Ronin düster.

„O mein Gott." Darcy stellte sich neben ihren Bruder. „Ihr seht furchtbar aus."

„Die Seidenstraße hat ein Team geschickt, um den USB-Stick zu holen", berichtete Ronin.

„Wir haben beschlossen zu verschwinden", fuhr Peri fort, „und im Dunkeln eine Felswand hinunterzuklettern. In unseren Pyjamas."

„Wir müssen alle THS-Fahrzeuge überprüfen", meinte Ronin. „Sie haben wahrscheinlich Peilsender angebracht."

Dec nickte. „Schon dabei. Und ich schicke Hale und Cal hoch zur Hütte, um deinen Truck und deine Ausrüstung zu holen."

Darcy winkte Peri mit einem Arm zu sich. „Komm. Wir gehen nach oben und gönnen dir eine heiße Dusche. Ich bin sicher, Layne hat ein paar Klamotten, die dir passen werden."

Peri stöhnte auf. „Eine heiße Dusche klingt himmlisch." Sie sah Ronin an.

„Ich habe ein paar Ersatzklamotten in meinem Spind. Wir haben hier unten Duschen." Er streckte die Hand aus und drückte ihre Schulter. „Wir sehen uns bald."

Da sie sich bewusst war, dass Dec und Darcy sie mit hochgezogenen Augenbrauen beobachteten, drehte sich Peri um und streckte Darcy ihre Hand entgegen. „Ich nehme an, du willst den haben." Der USB-Stick ruhte auf ihrer Handfläche.

„Du hast ihn gefunden." Darcy nahm ihn mit einem eifrigen Leuchten in den Augen entgegen. „Ich werde mal sehen, was da drauf ist."

Peri ließ sich unter der Dusche Zeit, und nachdem sie ihr Haar entwirrt hatte, störte sie sich nicht einmal mehr daran, dass sie sich Layne Wards BH und Kleidung ausleihen musste, die zum Glück aus einer dunkelgrünen Cargohose und einem T-Shirt mit dem pyramidenförmigen Logo von Treasure Hunter Security bestand. Die Archäologin war so freundlich gewesen, Peri in ihrer eleganten, geräumigen Wohnung über den Büros Kleidung, Handtücher und Toilettenartikel zur Verfügung zu stellen.

Als Peri die Treppe herunterkam, sah sie Darcy zwischen zwei Bildschirmen hin und her gehen. Dec und Logan beugten sich über Karten auf dem Tisch, und Ronin saß in der Nähe und hielt eine Tasse Kaffee in der Hand. Sein Haar war feucht und er trug saubere Kleidung.

„Hey", sagte er.

Sie lächelte. „Ich fühle mich wieder wie ein Mensch." Sie bemerkte ein paar Kratzer auf seiner Wange und streckte die Hand aus, um sie zu berühren. „Was ist denn da passiert?"

„Ein paar Äste während unserer rasanten Flucht. Nicht der Rede wert. Ich habe schon viel, viel Schlimmeres erlebt."

Sie glaubte ihm. Bei seinen SEAL-Einsätzen und den Undercover-Aufträgen, die er für die CIA erledigt hatte, hatte er bestimmt Düsteres gesehen. Was auch immer er für sie getan hatte, hatte ihm böse Albträume und den

Glauben beschert, er müsse sich von anderen abgrenzen. Sogar hier, unter seinen Freunden, hielt er sich irgendwie abseits.

Aber jeder brauchte irgendjemanden. Peri war mit einem anderen Wesen auf die Welt gekommen, das ein Teil ihres Lebens war. Amber mochte sie manchmal in den Wahnsinn treiben, aber sie zweifelte nie an der Liebe und Loyalität ihrer Schwester.

Ronin dagegen hatte niemanden. Nicht einmal die Mutter, die ihn auf die Welt gebracht hatte.

Ein Teil von Peri wollte ihm zeigen, dass er mehr in seinem Leben haben konnte, wenn er die Menschen nur in sein Leben und näher an sich heranließ. Irgendetwas sagte ihr auch, dass dies Geduld, Starrsinn und schiere Hartnäckigkeit erfordern würde.

Sie beugte sich hinab und drückte ihm einen Kuss auf die Kratzer. Seine dunklen Augen waren auf sie gerichtet, und sie sah, wie sich darin vieles regte, obwohl er sich nicht bewegte.

Das Klicken der Absätze unterbrach den Moment. Darcy erschien mit aufgeregtem Gesicht. „Ich habe die Daten von dem Stick."

Peri wirbelte herum. „Wirklich?"

„Es sind Daten über die Expedition in die Antarktis", erklärte Darcy. „Karten, Reiserouten, Notizen."

Peri rieb mit ihren Händen über ihre Arme und fröstelte. Dec und Logan hatten sich aufgerichtet und standen mit vor der Brust verschränkten Armen da und starrten auf Darcys Wand aus Bildschirmen.

Darcy zeigte auf sie. „Die Karten hier zeigen die Lage der Pyramide. In den Notizen sehe ich, dass sie vorhatten, in ein saisonales Camp zu fliegen. Es müsste vor ein paar Monaten aufgelöst worden sein." Darcys elegante Finger flogen über ihre Tastatur.

Peri versuchte, sich auf all die Informationen zu konzentrieren, aber alles, woran sie denken konnte, war Amber. Ging es ihr gut?

Eine Hand berührte ihre Schulter und drückte sie. Sie blickte auf und bemerkte, dass Ronin sie zwar nicht ansah, aber dennoch spürte, dass sie aufgeregt war. *Konzentriere dich auf deine Schwester und nicht auf den sexy Mann neben dir.*

„Nachdem die Pyramide entdeckt wurde, hat die Seidenstraße ein kleines Aufklärungsteam hingeschickt. Es sieht so aus, als hätten sie in der Nähe der Pyramide einige Bohrungen im Eis vorgenommen." Dann schnappte Darcy nach Luft.

„Was haben sie gefunden?", fragte Dec.

Seine Schwester hob den Kopf. „Sie sind auf Metall gestoßen."

„Wie ist das möglich?", fragte Ronin. „Dieser Teil der Erde ist seit *Millionen* von Jahren mit Eis bedeckt."

„Das ist vielleicht nicht ganz richtig", warf eine tiefe, männliche Stimme ein.

Alle drehten sich um, und Peri sah einen gut aussehenden Mann heranschreiten. Er hatte ein gebräuntes, attraktives Gesicht und ein breites, charmantes Lächeln. Die große Frau neben ihm bewegte sich mit athletischem Schritt. Ihr kurzes, dunkles Haar passte zu ihrem strengen Blick, und sie sah aus, als könne sie jeden Mann im Raum zu Fall bringen, ohne dabei ins Schwitzen zu kommen.

Die Frau blieb stehen und stemmte die Hände in die Hüften. „Musstet ihr mich an meinen freien Tagen herbeirufen?"

„Eigentlich habe ich Zach angerufen, nicht dich", erwiderte Dec.

Die Frau schnaubte. „Da ich mit Zach *beschäftigt* war, hätte doch klar sein müssen, dass ein Anruf bei ihm gleichzeitig bedeutet, dass ich mitkommen werde."

Ah, der Mann, der wie ein attraktiver Abenteurer aussah, der eigentlich Lianen von alten Dschungeltempeln abhacken oder Sand von vergessenen Gräbern abstauben sollte, war also Dr. Zachariah James. Das bedeutete, dass die Frau Morgan Kincaid war, eine der besten Sicherheitsspezialisten von THS.

„Zach und Morgan, das ist Peri Butler", stellte Ronin sie vor.

Peri reichte dem Paar die Hand. „Schön, euch kennenzulernen."

„Ich habe gehört, dass deine Schwester in die Machenschaften der Seidenstraße verwickelt wurde und vermisst wird", meinte Zach. „Tut mir leid, das zu hören."

Peri legte den Kopf schief. „Danke, dass ihr mir zu Hilfe gekommen seid." Sie warf einen Blick auf Morgan. „Tut mir leid, dass ich dir deinen freien Tag ruiniert habe."

Morgan winkte mit einer Hand ab. „Deine Schwester braucht Hilfe, und um fair zu sein, jeder Tag, an dem ich der Seidenstraße den *Tag* verderben kann, ist ein guter Tag."

„Ich bin mir nicht sicher, was ich tun kann, aber ich werde alles geben, um zu helfen", versicherte Zach. „Ich habe leider gesehen, wozu die Seidenstraße fähig ist. Ich hoffe, Dec, Ronin und die anderen können dich dabei unterstützen, deine Schwester zu finden."

Sie setzten sich an den Konferenztisch. Zach stand am Kopfende und sprach leise mit Darcy, während sie auf ihrem Tablet herumtippte.

„Also, die Seidenstraße, angeführt von Peris Schwester Amber, ist in die Antarktis gereist und nicht zurückgekehrt", berichtete Darcy.

Morgan stand noch immer aufrecht und lehnte eine Hüfte an den Tisch. „Was zum Teufel gibt es in der Antarktis, das die Seidenstraße interessieren könnte? Sind die jetzt hinter Pinguinen her?"

Zach steckte die Hände in die Taschen seiner Jeans. „Darcy sagte mir, Layne habe eine Verbindung zwischen den Nazis und der Antarktis erwähnt. Sie hat recht. Hitler war sehr an der Antarktis interessiert. Es gab Gerüchte, dass die Nazis dort einen geheimen Stützpunkt errichten wollten oder vielleicht sogar gebaut haben."

„Eine Basis in der Antarktis?" Dec schüttelte den Kopf. „Klingt nicht sehr glaubwürdig."

Zach lächelte. „Wusstest du, dass russische Wissenschaftler erst letztes Jahr eine geheime, verlassene Nazi-Basis in der Arktis entdeckt haben?"

„Was?" Peri atmete tief ein.

„Sie wurde auf einer Insel eingerichtet, angeblich um strategische Wetterberichte zu sammeln. Aber aus den gefundenen Gegenständen und erhaltenen Papieren geht hervor, dass die Deutschen die Basis *Schatzjäger* nannten."

Schweigen erfüllte den Raum.

„Du glaubst, sie waren wirklich auf der Jagd nach antiken Artefakten?", fragte Ronin.

Zach zuckte mit den Schultern. „Ich weiß es nicht genau, aber es deutet stark darauf hin."

„Okay ...", meinte Peri langsam. „Und du sagtest, sie wollten auch eine Basis in der Antarktis errichten? Um Artefakte zu finden?"

„Artefakte der Macht. Das war eine Besessenheit von Hitler. Er wollte mächtige Artefakte finden und daraus Waffen herstellen, um den Krieg zu gewinnen."

„Artefakte der Macht?" Sie sah sich am Tisch um, aber niemand schien von Zachs Erklärung überrascht zu sein. „In der Antarktis gibt es nichts außer Eis."

Zach lächelte wieder. „Ich bin auf megalithische Kulturen spezialisiert. Die Kulturen, die riesige Tempel und Strukturen aus großen Steinblöcken gebaut haben. Sie hinterließen Ruinen wie Stonehenge, die megalithischen Tempel auf Malta und Göbekli Tepe in der Türkei, um nur einige zu nennen. Überall auf der Welt gibt es megalithische Strukturen. Ich glaube, dass es Hochkulturen gab, die am Ende der letzten Eiszeit durch Überschwemmungen ausgelöscht wurden."

Der Schock hallte in Peris Körper wider. „Redest du von *Atlantis*? Atlantis ist nicht real."

„Nicht das mythische Atlantis", erklärte Zach. „Aber die Zivilisation, die wahrscheinlich den Mythos hervorgebracht hat."

Peri schaute sich im Raum um. Niemand sah überrascht aus.

Morgan nickte. „Wir haben einige der Artefakte

gesehen, die sie zurückgelassen haben. Wir können nicht schlüssig beweisen, dass es sich um fortgeschrittene Technologie handelt, aber irgendetwas steckt dahinter."

„Wenn wir ehrlich sind, wurde das, was wir gefunden haben, von der Regierung übernommen", knurrte Dec.

„Er meint, sie haben uns alles einfach *ab*genommen", fügte Darcy hinzu.

„Von Regierungsbehörden, die nicht einmal Namen haben", beendete Dec die Erklärung.

Peri sah zu Ronin auf, der nickte.

„Okay", sagte Peri. „Selbst wenn ich glauben wollte, dass es vor der Sintflut Zivilisationen mit fortgeschrittenen Technologien gab und Hitler und jetzt die Seidenstraße hinter irgendwelchen zurückgelassenen Artefakten her sind, ändert das nichts an der Tatsache, dass die Antarktis seit Millionen von Jahren mit Eis bedeckt ist. Keine Zivilisation hätte dort etwas bauen können."

„Nun, das stimmt vielleicht nicht so ganz", meinte Zach und presste seine Hände auf den Tisch. „Zuerst muss ich dir von einer Karte erzählen. Die Piri-Reis-Karte."

„Was ist das?", fragte Peri.

„Es ist eine Weltkarte, die von einem osmanischen General im Jahr 1513 angefertigt wurde", antwortete Zach.

„Ich werde sie gleich auf den Bildschirm zaubern", sagte Darcy.

„Und?", fragte Peri.

„Sie zeigt die Küstenlinie der Antarktis ... ohne ihre Eisschicht."

ES HERRSCHTE STILLE IM RAUM. Ronin studierte die Karte, die Darcy auf den Bildschirm gelegt hatte, und konnte es nicht fassen. Sie sah alt aus, mit eingezeichneten Segelschiffen, die die Ozeane überquerten, und Linien, die sich strahlenförmig über das Pergament erstreckten.

„Piri Reis hat offenbar ältere Karten verwendet, die er erworben hat, um seine Karte zusammenzustellen", erklärte Zach. „Das deutet darauf hin, dass die antarktische Küstenlinie irgendwann in der Menschheitsgeschichte ohne Eis kartiert wurde."

„Wenn das stimmt, wie konnten dann irgendwelche Ruinen oder Artefakte überleben?", fragte Peri. „Sie wären unter all dem Eis begraben worden."

„Nun, es gibt eine Theorie", erwiderte Zach. „Sie heißt Kontinentalverschiebungstheorie. Viele Leute halten sie für unmöglich, und ich selbst bin mir auch nicht sicher, ob ich daran glaube. Die Idee dahinter ist, dass eine Kraft die Erdkruste dazu bringen kann, sich um ein großes Stück zu verschieben."

Ronin runzelte die Stirn. „Du willst also sagen, dass die antarktische Landmasse wahrscheinlich einst weiter nördlich lag und ein Teil davon eisfrei war, aber die Kontinentalverschiebung hat sie zum Pol hin verschoben und das Land vereist?"

„Genau", bestätigte Zach. „Befürworter dieser

Theorie sagen, dass die letzte Kontinentalverschiebung am Ende der letzten Eiszeit stattfand."

Peri schüttelte den Kopf. „Was könnte das verursachen?"

„Das weiß niemand", räumte Zach ein. „Ein großer Meteoriteneinschlag, Kräfte in der Kruste, etwas Unbekanntes. Jemand hat die Theorie aufgestellt, dass die Masse des Polareises selbst die Verschiebung erzwingen könnte, aber das ist widerlegt worden. Einige Leute glauben, dass die Kontinentalverschiebung auch die Existenz von Tieren wie Wollmammuts erklärt, die im Eis eingefroren gefunden wurden ... aber deren Mägen voll mit frisch gefressener Nahrung aus einem gemäßigteren Klima waren."

„Wenn diese Theorie wahr ist", meinte Dec, „willst du dann sagen, dass ein Teil der Antarktis vor etwa elftausend Jahren komplett eisfrei war?"

„Ja. Und er wurde wahrscheinlich von der Zivilisation kartiert, die ihn als Heimat bezeichnete."

Peri stand auf, und ihr Stuhl knirschte auf dem Boden. „Und diese fortschrittliche Zivilisation hat dort Städte gebaut und möglicherweise die Technologie hinterlassen, nach der die Seidenstraße sucht?"

Zach nickte. „Das ist es, was ich euch sagen wollte."

„Was hältst du davon, Zach?" Darcy nickte in Richtung des Bildschirms, der gerade die Ansicht der Pyramide zeigte, die aus dem Schnee ragte.

Der Archäologe trat dicht an das Bild heran, wobei er es mit zusammengekniffenen Augen studierte.

„Sie könnte von Menschenhand gebaut worden sein", meinte er. „Pyramiden sind weitverbreitete Bauwerke, die von Zivilisationen auf der ganzen Welt errichtet wurden. Ägypten, Mexiko, China, Indonesien, Peru, Spanien, sogar auf den Pazifikinseln. Dies könnten die Überreste einer fortgeschrittenen Zivilisation in der Antarktis sein."

Darcy drehte sich um. „Ich habe noch ein paar mehr Informationen. Anhand der Notizen auf Ambers USB-Stick kann ich bestätigen, dass das Team der Seiden-straße von *Punta Arenas* zum derzeit verlassenen *Unity Camp* am *Union Glacier* geflogen ist. Es wird nur in den wärmeren Monaten genutzt und Ende Januar aufgelöst."

„Es steht also schon seit mehreren Monaten leer", stellte Ronin fest.

„Ja. Jetzt ist nicht die ideale Zeit für Expeditionen in die Antarktis. Die Temperaturen fallen, und die Tages-lichtstunden nehmen ab."

Dec verschränkte die Arme. „Sie sind bei Unity gelandet und haben von dort aus wohl den direkten Weg zur Pyramide genommen."

Peri holte tief Luft. „Es ist mir egal, was für eine verrückte Theorie die Seidenstraße hat oder hinter was zum Teufel die Typen her sind, ich will nur meine Schwester finden."

„Ich weiß." Decs Blick traf den von Ronin. „Wir fangen an, eine Reise zu planen, um sie zu suchen."

Ronin sah, wie sich Peris Brust hob, und erkannte, dass sie sich Sorgen gemacht hatte, dass sie nicht hinfliegen würden. Er berührte ihren Arm. „Wir werden dahin reisen und sie finden."

„Ich bin schon dabei, alles zu organisieren", meinte Darcy mit einem beruhigenden Lächeln. „Zu unserem

Glück hat Dec eine Freundin, die nicht weit vom Standort der Pyramide eine Forschungsstation betreibt."

Dec stöhnte auf. „Dr. Melinda Browning. Sie ist … eine Persönlichkeit."

„Sie ist eine australische Wissenschaftlerin und hat Jahre in der Antarktis verbracht", sagte Darcy. „Mel ist mit unseren Eltern befreundet. Sie leitet die *Aurora Station*, die gemeinsam von Australien, Schweden und Chile betrieben wird. Sie liegt auf chilenischem Gebiet, aber ein Großteil des Nachschubs kommt von Australien."

„Nimm mit ihr Kontakt auf", sagte Dec.

„Das werde ich." Darcy strich sich ein paar Haare hinters Ohr. „Da war noch etwas in den Informationen deiner Schwester."

Ronin spürte etwas Seltsames in Darcys Tonfall und sah, wie Peri sich anspannte.

„Was?", fragte Peri.

„Es war eine Notiz, die sie in ein Dokument getippt hatte. Sie wurde eindeutig beim Schreiben unterbrochen." Darcys blaugrauer Blick schweifte durch den Raum. „Sie besagt, dass die Seidenstraße hinter einer Waffe her ist."

Peri keuchte, und Ronin biss die Zähne zusammen.

„Scheiße!", stieß Dec hervor. „Als ob die Lage nicht schon schlimm genug wäre."

„Irgendwelche anderen Informationen?", fragte Ronin. „Eine Beschreibung dieser Waffe? Oder was sie bewirkt?"

Darcy schüttelte den Kopf.

„Das ändert nichts. Darcy", erwiderte Dec. „Kontaktiere die *Aurora Station*. Alle an die Arbeit, wir haben eine Mission zu planen."

Als sich alle aufteilten, um die Reise zu planen, sah Ronin, wie Peri sich umdrehte und zu den Fenstern schlich. Sie stand dort und starrte hinaus auf die Skyline von Denver. Die Morgensonne beleuchtete ihr Haar, und er war sich nicht sicher, ob er jemals eine Frau gesehen hatte, die so schön war.

In der Nähe hörte Ronin Morgan lachen. Ein Geräusch, das gefährlich nahe an einem Kichern war. Er schüttelte den Kopf. Morgan war die zäheste Frau, die er kannte, und eine der wenigen Personen, die er in einem Feuergefecht an seiner Seite haben wollte. Er hatte nie geglaubt, dass Morgan einen Mann finden würde, der ihr die Schärfe nehmen würde, aber Zach hatte es eindeutig geschafft.

Er beobachtete, wie Morgan sich an Zach lehnte. Ihre Nähe unterstrich nur noch mehr, wie allein Peri aussah.

Ronin hatte in seinem Leben schon viele Menschen gerettet, aber nur selten hatte er sie umarmt, ihnen Trost gespendet oder die richtigen Worte gefunden, damit sie sich besser fühlten. Er wusste, dass er sich von Peri fernhalten sollte.

Ein paar Sekunden vergingen, dann ging er zu ihr hinüber.

KAPITEL SIEBEN

Peri starrte aus dem Fenster auf die Skyline von Denver. Hinter ihr hörte sie das THS-Team reden, diskutieren und planen. Es war nur ein undefinierbares Rauschen in ihren Ohren.

Sie hatte sich hier in Denver ein Leben aufgebaut, war dabei, sich ein Zuhause zu schaffen. Aber wenn sie ihren Zwilling verlor, den anderen Teil von ihr, würde ihr immer etwas fehlen. Ihre Brust fühlte sich so eng an, dass es schmerzte.

Sie spürte eine Präsenz hinter sich und wusste sofort, dass es Ronin war.

„Die Seidenstraße muss da unten etwas gefunden haben", stellte sie fest.

„Ja."

„Und sie werden meine Schwester nicht einfach so gehen lassen. Nicht, wenn sie diese Waffe gesehen hat."

„Nein."

O Gott. Er nahm kein Blatt vor den Mund. Im Moment liebte und hasste sie das gleichermaßen an ihm.

Sie starrte auf ihr verschwommenes Spiegelbild im Glas. „Glaubst du, sie ist noch am Leben?"

„Die Chance besteht." Er drehte sie so, dass sie ihn ansah. „Und solange es eine Chance gibt, gibt es auch Hoffnung. Wenn sie die Waffe gefunden hätten, hätten wir etwas gehört. Weißt du, was ich vermute? Wahrscheinlich suchen sie immer noch da unten und brauchen ihre Hilfe."

Sie fragte sich, ob er das wirklich glaubte. Ein Gefühl der Entschlossenheit flammte in ihr auf. Sie würde ihre Schwester nicht aufgeben. „Wir werden sie finden. Und ich werde die Leute, die sie festhalten, dafür bezahlen lassen."

„Kommt hierher, ihr zwei!", rief Dec. „Planungs-Update."

Sie traten alle an den Konferenztisch. Er war mit einem Haufen Papiere und einem Tablet bedeckt. Dec presste seine Handflächen auf den Tisch und ließ seinen Blick über die Gruppe schweifen. „Ich habe Melinda eine Nachricht zukommen lassen. Sie wird uns helfen."

„Wann fahren wir los?", fragte Peri.

„Ich werde das Team anführen", erklärte Dec. „Wir werden es klein halten. Peri, Logan und Ronin werden auch mitkommen."

Logan gab einen mürrischen Laut von sich. „Ich hasse den Schnee und die Kälte."

Peri sah, wie alle am Tisch mit den Augen rollten, daher nahm sie an, dass er sich regelmäßig so verhielt. „Ausrüstung und Vorräte?"

„Ich kümmere mich um die Vorräte", meinte Darcy. „Wir können einige Dinge in *Punta Arenas* besorgen.

Melinda wird die Motorschlitten beschaffen. Du hast doch bestimmt eine komplette Expeditionsausrüstung, Peri?"

Peri nickte.

„Gut, dann geh nach Hause und packe", schlug Darcy vor. „Ich arrangiere gerade die Flüge nach Chile. Von *Punta Arenas* aus sorge ich dafür, dass ihr den regulären Frachtflug zur *Aurora Station* nehmen könnt."

„Ronin, du bringst Peri nach Hause", befahl Dec. „Die Seidenstraße war schon zweimal hinter ihr her, also seid vorsichtig."

Danach überschlugen sich die Ereignisse. Peri ließ sich von Ronin zu einem großen schwarzen Truck führen, der offenbar Logan gehörte. Er half ihr auf den Beifahrersitz.

Sie war mit ihrer Sorge um Amber so allein gewesen, doch jetzt war sie von diesen großartigen, starken Menschen umgeben, die ihr helfen wollten. Ihr Bauch kribbelte, und sie blickte in seine Richtung, als er den Wagen startete. Er gefiel ihr und sie mochte ihn.

„Wohin?"

Sie nannte ihm ihre Adresse, und ehe sie sich versah, hielten sie vor ihrem kleinen Haus in der Nähe des Wash Park.

Sie wusste, dass es renovierungsbedürftig war, aber es hatte eine gute Bausubstanz. Jedes Mal, wenn sie es sah, seufzte ein Teil von ihr. Es war niedlich, und es gehörte ihr. Der Zaun war verrottet, die Veranda brüchig und die Farbe blätterte ab, aber es gehörte ihr.

„Ich habe einen Teil meiner Ersparnisse in meine Kletterhalle und das Haus gesteckt", erklärte sie, während sie ihn den Weg hinaufführte. „Ich renoviere dieses Haus Schrittchen für Schrittchen."

„Was ist mit deiner Kletterhalle?", fragte er. „Kannst du es dir leisten, nicht anwesend zu sein?"

Sie nickte. „Ich habe einen großartigen Manager und ein hervorragendes Team. Die kommen auch ohne mich zurecht."

Als sie die Eingangstür öffnen wollte, hielt er sie auf. „Lass mich erst einen Blick hineinwerfen. Bleib hier."

Sie beobachtete, wie er etwas, das wie eine Glock aussah, aus dem Holster an seiner Seite zog. Er öffnete die Tür und schlüpfte wie ein verstohlener Schatten ins Haus.

Peri wartete, bis er zurückkam. Als die Minuten verstrichen, spannten sich ihre Muskeln an. Was, wenn er in Schwierigkeiten geraten war? Was, wenn er Hilfe brauchte? *Zum Teufel damit.* Es lag nicht in ihrer Natur, zu warten. Sie hatte gerade die Tür aufgerissen, als er wieder auftauchte und seine Waffe zurück in das Holster schob.

Er kniff seine dunklen Augen zusammen. „Was zum Teufel machst du da?"

„Es hat so lange gedauert, dass ich dachte, du könntest Hilfe brauchen."

Er warf ihr einen seltsamen Blick zu und schüttelte den Kopf. „Wenn ich dir sage, du sollst irgendwo bleiben, dann bleibst du dort."

Sie salutierte vor ihm. „Ja, Sir."

„Ich kann den Sarkasmus hören."

„Kluger Mann." Sie schob sich an ihm vorbei. „Ich würde nicht darauf warten, dass ich deinen Befehlen blindlings folge. Ich bin eine erfahrene Expeditionsführerin, Ronin, und ich bin nicht dumm. Ich werde mich nicht unnötig in Gefahr begeben, aber wenn jemand Hilfe braucht, werde ich nicht tatenlos daneben stehen."

Grüblerisch und schweigend ging er hinter ihr her, als sie ihn die Treppe hinauf in ihr Gästezimmer führte. Sie benutzte den Schrank dort, um ihre Expeditionsausrüstung für kaltes Wetter aufzubewahren.

Sie zog sie heraus und legte sie auf das Bett. Ronin lümmelte in der Tür und beherrschte den kleinen Raum.

„Dieses Haus ist ziemlich groß für eine Person", bemerkte er.

„Es ist mein Traumhaus." Sie packte ein paar Sachen in ihren Seesack. „Ich habe vor, dort hineinzuwachsen, und fange damit an, indem ich mir einen Hund zulege."

Er grunzte. „Was für einen?"

„Einen Beagle." Sie sah ihn an und legte den Kopf schief. „Lass mich raten. Du wohnst in einer Dachgeschosswohnung. Keine Dekoration, keine Fotos, kein Essen im Kühlschrank und ein riesiger Fernseher im Wohnzimmer."

Er wippte unruhig auf den Füßen. „Ich bin ein alleinstehender Mann."

Sie schloss den Seesack mit dem Reißverschluss. „Aha. Also kein verschlossener Mann, der Angst hat, emotionale Risiken einzugehen."

Ein finsterer Blick erschien auf seinem Gesicht. „Das ..." er gestikulierte zu ihrem Haus, „ist nichts für mich. In meinem Leben wird es keine Frau, keine Kinder und keinen Gartenzaun geben, Peri." Sein Gesicht verfinsterte sich, und er richtete sich auf. „Bist du fertig?"

Sie warf sich den Seesack über die Schulter. „Ja."

„Dann lass uns gehen. Wir müssen ein Flugzeug in die Antarktis erwischen."

RONIN LEHNTE sich in seinem Flugzeugsitz zurück. Er wusste, dass kurz vor einer Mission die Zeit war, sich auszuruhen und Kräfte zu sparen, ... weil man nie wusste, wann alles zum Teufel ging.

Sie befanden sich gerade auf dem Weg zur *Aurora Station*. Nach einem Nachtflug nach Santiago, Chile, und dem anschließenden kleinen Sprung nach *Punta Arenas* waren sie alle ein wenig müde. Gerade saßen sie im Frachtraum der Iljuschin 76, die sie zur *Aurora Station* bringen sollte. Darcy hatte es geschafft, für alle einen Platz in einem Frachtflugzeug zu ergattern, das jetzt auf dem Weg dorthin war.

Er wusste, dass es sich bei dem russischen Flugzeug nicht um ein Militärflugzeug handelte, aber es hatte eine ähnliche Atmosphäre. Der lange Frachtraum war derzeit vollgepackt mit festgeschnallten Paletten und mehreren Schneemobilen, die für Forschungsstationen bestimmt waren. Die Passagiersitze verliefen entlang der Wände und waren mit großen, militärisch anmutenden Sicherheitsgurten ausgestattet. Als SEAL hatte er zu viele Stunden in solchen Flugzeugen verbracht, um sie zu zählen. Zum Teufel, als CIA-Agent hatte er auch ein paar Heimflüge in militärischen Frachttransportern ergattert. Er hatte in so vielen Flugzeugen gesessen, die zu so vielen verschiedenen Orten geflogen waren, dass er sie nicht mehr unterscheiden konnte.

Gegenüber von ihm schliefen Logan und Dec. Ronin warf einen Blick auf Peri neben ihm. Sie sah entspannt aus, aber sie hatte dunkle Ringe unter den Augen. Er hatte sie auf dem Flug nach Chile beobachtet, und sie hatte nicht viel geschlafen. Er vermutete, dass die Gedanken an ihre Schwester sie davon abhielten.

Wie er war auch sie für die Reise gekleidet. Sie trug eine strapazierfähige Cargohose und mehrere Lagen eng anliegender, langärmeliger Oberteile, die sich an ihren durchtrainierten Oberkörper schmiegten. Das oberste war dunkelgrün und passte gut zu ihrem Haar, das sie am Hinterkopf zu einem Knoten hochgesteckt hatte. Es war klar, dass sie sich durch das Klettern in Form hielt ... und es war auch klar, dass sie perfekt dimensionierte Brüste hatte – nicht zu groß, nicht zu klein.

Er schloss die Augen. *Verdammt, Cooper, du sollst doch nicht auf ihre Brüste achten.* Aber seit sie in sein Leben geplatzt war, fiel es ihm schwer, nicht an sie zu denken. Sie war hübsch und lebhaft, und sie liebte ihre Schwester. Außerdem schmeckte sie so unglaublich gut.

Der feurige, wilde Kuss, den sie in der Hütte geteilt hatten, quälte ihn immer wieder. Wann immer er die Augen schloss, stürzte die Erinnerung auf ihn ein. Er wollte mehr.

Trotzdem sollte er nicht an sie denken, deswegen drehte er den Kopf weg und schaute aus einem der wenigen kleinen runden Fenster. In der Ferne war der Horizont mit einer riesigen weißen Fläche gefüllt. Endlich würde er die Gelegenheit bekommen, den einzigen Kontinent zu besuchen, auf dem er noch nicht gewesen war.

„Wir sind gleich da", sagte er.

Peri schnallte sich ab und drückte ein Knie auf den Sitz, um aus dem Fenster zu sehen. Ihre Schulter lagen gegen seine, was ein Kribbeln in seinem Arm auslöste.

„Der kälteste, trockenste und windigste Ort der Erde", meinte sie.

„Achtundneunzig Prozent der Fläche sind mit Eis bedeckt." Er hatte seine Nachforschungen angestellt. „Und das Eis ist im Durchschnitt fast zwei Kilometer dick."

„Ich habe die McMurdo-Station zweimal besucht." Sie sah ihn an. „Die größte US-Station. Aber die meisten meiner Reisen führten mich in die Arktis. Amber hat viel mehr Erfahrung mit der Antarktis als ich." Peri ließ sich in ihren Sitz zurückfallen, die Hände auf den Oberschenkeln verkrampft.

Ronin versuchte gar nicht mehr, sich davon abzuhalten, sie zu berühren. Er nahm ihre Hand. „Das ist ihr Terrain. Das verschafft ihr einen Vorteil."

Peri nickte. „Bist du dieser Dr. Browning von der *Aurora Station* schon einmal begegnet?"

„Ja, Melinda ist wirklich das Salz der Erde." Er lächelte. „Was du siehst, ist das, was du bekommst. Ich mag sie. Sie lügt nicht und spricht unverblümt."

„Das muss erfrischend sein für einen ehemaligen CIA-Agenten."

„Das kannst du laut sagen."

Sie drückte seine Finger. „Ich lüge auch nicht, Ronin."

Schon wieder war er in diesen hübschen blauen Augen gefangen. Verdammt, was hatte diese Frau nur an sich, dass sie ihn so anzog? „Peri ..."

Ihre Finger legten sich fester um seine. „Lass einfach zu, dass du etwas fühlst, Ronin." Ein schwaches Lächeln umspielte ihre Lippen. „Ich verspreche, dass ich dir nicht wehtun werde."

Plötzlich gähnte Dec und lehnte sich vor. „Wo sind wir?"

Ronin ließ Peris Hand los. „Wir fliegen gerade über die Antarktis."

Es dauerte nicht lange, bis die Stimme des Piloten über den Lautsprecher zu hören war. *„Bereiten Sie sich auf die Landung vor. Es kann ein wenig holprig werden."*

„Ich mag keine Eislandebahnen", grummelte Peri.

„Dieses Flugzeug wurde entwickelt, um überall zu landen", beruhigte Ronin sie. „Es wurde für das hier entworfen."

Sie setzten sanft auf, hüpften nur ein wenig, und die Triebwerke heulten auf. Schließlich rollten sie bis zum Stillstand.

Er schaute zu Peri hinüber. „Willkommen in der Antarktis."

PERI ZOG IHRE MARINEBLAUE FUNKTIONSJACKE AN. Sie war für extreme Kälte ausgelegt, wasserdicht und winddicht. Sie zerrte die mit Kunstfell gefütterte Kapuze hoch und zog sich ihre kostspieligen, ultrawarmen Handschuhe an. Im Vergleich zu den meisten Modellen waren sie sehr dünn, daher auch der Preis, aber das war es wert, denn sie boten zusätzliche Fingerfertigkeit. Nachdem sie ihren Seesack geschnappt hatte, ging sie hinter den Männern die Frachtrampe des Flugzeugs hinunter.

Sie trugen alle ebenfalls ihre Kältekleidung und hatten ihre Taschen dabei.

Als die Polarluft sie traf, blieb sie stehen, um sich erst einmal daran zu gewöhnen. Der erste Schlag war immer schockierend und gleichzeitig berauschend. Sie wartete, während die Kälte ihr den Atem raubte, als wäre ihre Brust gefroren, und dann begannen ihre Lungen wieder zu arbeiten.

Sie trat auf den Schnee hinaus. Im Moment schien die Sonne, aber sie wusste, dass sie nur noch ein paar Stunden anhalten würde. Die Tageslichtstunden waren zu dieser Jahreszeit kurz und wurden rasch kürzer.

Mehrere Leute begannen mit der Arbeit, die Fracht für die *Aurora Station* zu entladen. Drei Personen, die leuchtend rote Jacken trugen, warteten auf sie. Aus der Entfernung war es schwer zu erkennen, ob es sich um Männer oder Frauen handelte.

Nicht weit hinter ihnen lag die Forschungsstation selbst. Sie war eine kunterbunte Ansammlung von Gebäuden. Alle standen auf Stelzen, um sie vor Schnee und Eis zu schützen. Das größte Gebäude war rechteckig, und sie vermutete, dass dort der Hauptwohnbereich lag. Die anderen hatten unterschiedliche Größen und Formen, eines war sogar eine perfekte Kugel, die sie an einen Golfball erinnerte. Sie nahm an, dass es sich bei einigen davon um Forschungslabors handeln musste.

Dec schritt voraus, um die Gruppe zu begrüßen. Als sie näher kamen, konzentrierte sich Peri auf die Person, die ihnen am nächsten stand. Die Frau lächelte breit und hatte ein faltiges, verwittertes Gesicht, das von grauen Haarsträhnen umgeben war, die aus der Kapuze ihrer Jacke herausgefallen waren. Auf der Brust ihrer Jacke befand sich ein Aufnäher mit der Aufschrift *Aurora Station*. Auf ihrem Arm prangte zudem ein Patch mit der australischen Flagge.

Neben ihr stand eine kleinere Frau, wahrscheinlich nur ein paar Jahre älter als Peri, mit dunklen Augen und Haar. Der Aufnäher auf ihrem Arm stellte die chilenische Flagge dar. Das letzte Mitglied der Gruppe war ein großer, dünner Mann mit blasser Haut und blauen Augen. Seine Bartstoppeln zeigten eine fahle Röte, sodass sie vermutete, dass sein Haar eine ähnliche Farbe wie ihr eigenes hatte. Die Flagge an seinem Arm war blau mit einem gelben Kreuz. Sie musste kurz nachdenken, aber sie war sich ziemlich sicher, dass es die Flagge Schwedens war.

„Heute ist es kälter als der Hintern eines Eisbären", meinte die ältere Frau mit heiserer Stimme und schwerem australischem Akzent. Sie winkte in Richtung der Gebäude. „Willkommen in der arschkalten *Aurora Station*."

„In der Antarktis gibt es keine Eisbären, Mel", erwiderte Dec trocken.

„Ich weiß." Sie drehte sich um, um sie zur Station zu führen. „Aber der *Hintern eines Pinguins* hat nicht den gleichen Klang. Verzichten wir auf die Vorstellungsrunde, bis wir drinnen sind."

Sie marschierten durch den Schnee und gingen bald die Treppe hinauf und in das rechteckige Gebäude hinein. Drinnen wurden sie von einem Hitzeschwall empfangen.

„Gott sei Dank", grummelte Logan vor sich hin.

Der Raum wurde von Tischreihen beherrscht, und an der einen Seite befand sich eine Küche. Auf der anderen Seite des Raumes standen Regale mit Büchern und Brettspielen, und es gab ein paar bequeme Sofas.

Die ältere Frau zog ihre Handschuhe aus und schob ihre Kapuze zurück. Sie streifte ihren Mantel ab und hängte ihn in der Nähe auf. An der Wand befanden sich Haken, an denen mehrere rote Jacken hingen. Peri sah, dass Dr. Brownings Haar nicht ganz grau war, sondern eher salz- und pfefferfarben. Sie hatte es zu einem Dutt zurückgebunden.

Als Ronin und Logan begannen, ihre Jacken auszuziehen, tat Peri das Gleiche.

„Schön, dich wiederzusehen, Declan." Die Frau umarmte den Mann innig. „Du bist immer eine Augenweide."

Dec lächelte. „Und du änderst dich nie, Mel."

Sie lachte gackernd. „Das Leben ist zu kurz dafür, mein Junge." Ihr Blick wanderte zu den anderen herüber. „Wie ich sehe, hast du mir noch mehr Augenschmaus mitgebracht."

Logan schnaubte, und ein winziges Lächeln umspielte Ronins Lippen. Eine Sekunde lang starrte Peri auf seinen Mund. Seit sie Denver verlassen hatten, spürte sie die Distanz, die er zwischen sie brachte. Das gefiel ihr nicht.

„Du erinnerst dich bestimmt an Logan und Ronin", sagte Dec.

„Aber sicher doch. Mein Mountain Man und mein G-Man." Sie umarmte die beiden Männer.

Peri verkniff sich ein Lächeln, als die THS-Mitarbeiter die Zuneigung der Frau stoisch annahmen. *G-Man.* Dieser Spitzname passte zu Ronin, nach all seinen CIA-Geheimmissionen.

„G-Man?", fragte sie, als er neben sie zurücktrat.

„Sie hat mich immer so genannt."

„Nun, ich glaube, ich muss ihr den Kosenamen stehlen."

„Das sind meine beiden rechten Hände, die mir helfen, *Aurora* am Laufen zu halten." Melinda nickte dem Mann und der Frau zu. „Dr. Gabriela Varela und Dr. Lars Ekberg."

„Und das ist Peri Butler", stellte Ronin vor. „Sie ist eine erfahrene Polarführerin."

„Schön, dich kennenzulernen, Peri", sagte Melinda.

„Ebenso." Peri schüttelte die Hand der Frau. „Danke, dass ihr uns helft."

„Ich weiß, dass ihr eure Mission vor mir geheim haltet. Wie immer ist sie ein großes, dickes Geheimnis." Melinda rümpfte die Nase. „Offen gesagt, will ich es wahrscheinlich auch gar nicht wissen. Wir haben zwei Schneemobile für euch vorbereitet, die mit allem ausgestattet sind, was ihr braucht."

„Ich würde dich gern auf den neuesten Stand bringen", sagte Dec. „Vielleicht kannst du uns helfen. Ich konnte es nur nicht am Telefon besprechen."

Mel nickte nachdenklich. „Okay. Aber ich möchte um diese Jahreszeit nicht rausfahren."

„Wir schaffen das schon", versicherte Dec ihr.

„Es zieht ein Sturm heran. Er soll nicht lange andauern, aber er sieht übel aus. Ihr werdet heute nicht mehr losfahren können."

Peri spürte einen Anflug von Frustration, und sie schaffte es gerade noch, einen Fluch hinunterzuschlucken.

„Aber ich habe Betten für euch vorbereitet und eine warme Mahlzeit." Dann spannte sich Melindas Gesicht an. „Und ich muss mich noch um ein anderes Problem kümmern. Zwei unserer Forscher sind verschwunden. Sie sind heute Morgen losgezogen, um Eisproben zu sammeln, haben aber den Check-in verpasst und sind nicht zurückgekommen."

Peris Magen krampfte sich zusammen. Das war schlecht. Die Überlebenschancen, wenn man hier draußen auf ein Problem stieß, waren gering.

„Letztes Jahr haben wir einen guten Forscher verloren." Melindas Tonfall war von Trauer geprägt. „Er ist in eine Gletscherspalte gefallen. Ich hoffe, dass es den beiden gut geht und sie nur gerettet werden müssen."

Peri wusste sehr wohl, wie gefährlich Gletscherspalten sein konnten. Die riesigen Risse im Eis konnten tief sein und sich unbemerkt auftun.

Sie sah, wie die THS-Männer sich alle aufrichteten und einen Blick austauschten.

„Haben sie irgendeine Ausrüstung dabei, um den Sturm zu überstehen?", fragte Dec.

„Sie haben das Nötigste eingepackt", antwortete

Gabriela. „Ein Zelt, Notfalldecken und MREs. Es wäre nicht bequem, aber sie könnten überleben. Allerdings nicht für lange."

„Wir wollten gerade Suchtrupps losschicken", fügte Lars hinzu.

„Lasst uns helfen", sagte Dec.

Erleichterung zeichnete sich auf Melindas wettergegerbtem Gesicht ab. „Das würde ich zu schätzen wissen."

Lars trat vor. „Jeder fährt in Zweierteams mit Schneemobilen los. Wir haben Suchgebiete auf der Grundlage ihrer Route und ihres Ziels abgesteckt."

Dec sah zu Logan. „Du kommst mit mir."

Ronin wandte sich an Peri. „Das heißt, du steigst bei mir auf."

Peri nickte, froh, sich auf etwas anderes als ihre Sorge um Amber konzentrieren zu können. „Lasst uns gehen." Sie schnappte sich ihre Jacke. „Aber ich fahre."

Logan schnaubte, und Ronin runzelte die Stirn. „Nein."

„Du durftest in Denver fahren, also bin ich jetzt dran, G-Man." Sie hob eine Augenbraue. „Außerdem wette ich, dass ich viel mehr Stunden auf einem Schneemobil verbracht habe als du."

Dec grinste. „Die Dame hat nicht ganz unrecht, Coop."

Grummelnd zog Ronin seine Jacke an. „Na schön."

KAPITEL ACHT

Ronin beobachtete, wie Peri das Schneemobil überprüfte. Es war klar, dass sie eine Menge Erfahrung hatte.

Die Maschine war groß und robust, mit Kufen an der Vorderseite und viel Stauraum am Heck. Schließlich kletterte sie hinauf und legte ihre Hände auf die Bedienelemente. Sie blickte zu ihm zurück.

„Bist du sicher, dass du es erträgst, auf dem Rücksitz Platz zu nehmen?" Ihr Lächeln war schon fast selbstgefällig.

Ronin kletterte hinter sie und schlang seine Arme um sie. Selbst in ihrer strapazierfähigen Jacke fühlte sie sich in seinen Armen unglaublich klein an. Als er seine behandschuhten Hände überkreuzte und sie auf ihren Bauch legte, hörte er, wie ihr Atem stockte.

Er stellte sicher, dass sein Mund nahe an ihrem Ohr war. „Ich fühle mich ziemlich wohl, wenn ich von hinten übernehmen kann."

Sie drehte ihren Kopf, ihre Augen auf ihn gerichtet.

„Ich kann nicht sagen, ob das eine anzügliche Bemerkung war oder nicht."

Er schenkte ihr ein kleines Lächeln. Herrje, es machte ihm wirklich Spaß, sie zu necken. Ronin hatte noch nie jemanden geneckt. Wenn er Zeit mit einer Frau verbrachte, ging es um ein paar Drinks, gefolgt von Sex. Neckereien hatte es nie gegeben.

Peri schüttelte den Kopf. „Du solltest öfter lächeln, Ronin. Es steht dir gut."

Er blinzelte sie an und merkte, dass er lächelte.

Sie schaltete den Motor ein und ließ ihn warmlaufen. Einen Moment später fuhren Dec und Logan in einer Schneewehe neben ihnen her. Logan saß auf der Rückseite der Maschine und hielt die Griffe hinter sich fest.

„Bereit?", fragte Dec.

„Bereit", bestätigte Peri.

Dec und Logan fuhren voraus, und Peri gab Gas und folgte ihnen.

Als sie *Aurora* hinter sich gelassen hatten, trennten sie sich von Dec und Logan. Sie hatten ein Suchgebiet etwas westlich von den anderen.

Ronin überblickte ihre Umgebung und nahm die Landschaft in Augenschein. Hinter ihnen war alles weiß, soweit er sehen konnte. Vor ihnen färbten die dunklen Flecken der Ellsworth-Berge den Horizont. Irgendwo dazwischen versteckten sich die Pyramidenstruktur und die Seidenstraße.

Er drückte Peri fester an sich. Er hoffte inständig, dass Amber Butler noch am Leben war. Diese verdammte Seidenstraße und ihre Gier nach Geld und Macht. Sie benutzten, wen sie wollten, und töteten jeden, der sich ihnen in den Weg stellte. Er hoffte inständig, dass Peri den Verlust ihres Zwillings nicht erleben musste.

Er drehte den Kopf und entdeckte riesige, dunkelgraue Wolken, die den Himmel bedeckten.

Sie durften *auf keinen Fall* in dieser Sturmfront stecken bleiben.

Er sah auf die Karte hinunter und überprüfte die GPS-Koordinaten, dann lehnte er sich vor. „Wir müssen dort starten!", rief er über das Dröhnen des Motors hinweg. Er streckte die Hand aus und zeigte auf die Stelle. „Dann fahren wir hin und her."

Sie nickte und drehte um, um seinen Anweisungen zu folgen. Als sie das Schneemobil in das Suchmuster bewegte, steuerte sie die Maschine mit offensichtlicher Leichtigkeit. Sie fielen in die monotone Routine des Hin- und Herfahrens im Zickzack ein, ohne dass ein Zeichen von den vermissten Wissenschaftlern oder ihrem Schneemobil zu erkennen war.

Plötzlich fluchte Peri und riss das Schneemobil heftig nach links. Ronin hielt sich fester, um nicht runterzufliegen.

Sie zeigte nach vorn und auf die Gletscherspalte. Der tiefe Riss hatte sich im Schnee aufgetan, als hätte ihn jemand mit einem Messer aufgeschnitten. Peri wendete die Maschine, und sie umkreisten die Gefahrenstelle.

Sie fuhren weiter. Nichts. Und der beschissene Sturm kam jetzt immer näher. Ronin schaute auf seine Uhr und sah, dass es Zeit für den Check-in war. Er holte das Funkgerät heraus und tippte Peri auf die Schulter. Sie hielt an.

„*Aurora Station*, hier ist Scout Drei, wir melden uns zum Check-in."

„Verstanden, Scout Drei." Mels tiefe Stimme ertönte in der Leitung. „Hattet ihr Glück?"

Er hörte die Hoffnung im Unterton der Stationsleiterin. „Bisher nicht. Irgendetwas von den anderen Teams?"

„Nein, noch nicht."

„Wir haben noch ein wenig Zeit, bevor der Sturm uns zurückdrängt. Wir werden weitersuchen."

„Danke, Ronin. Passt auf euch auf."

Peri und Ronin fuhren weiter. Er wusste, dass es schwer war, Teammitglieder zu verlieren. Er hatte im Laufe der Jahre mehrere verloren – ein paar SEALs und ein paar CIA-Agenten, mit denen er zusammengearbeitet hatte. Keiner ihrer Tode war schön oder leicht gewesen, aber sie hatten ihre Arbeit gemacht. Sie hatten daran geglaubt, für den Schutz ihres Landes zu kämpfen.

Ronin war der Navy beigetreten, um eine Ausbildung zu erhalten, und weil er gewusst hatte, dass niemand um ihn trauern würde, wenn er im Kampf fiel. Stattdessen hatte er zum ersten Mal einen Platz gefunden, wo er dazugehörte, und er hatte Brüder bekommen, um die er sich gesorgt hatte. Aber er hatte sich immer abgesondert. Er besaß nicht die Gene für die herzliche Kameradschaft, die so viele geteilt hatten.

Und doch hatte er ihren Verlust gespürt, als sie gestorben waren.

Sein Kiefer krampfte sich zusammen. Er hatte viele schlaflose Nächte wegen ihrer Tode erlebt und sich gefragt, was er hätte anders machen können, um sie zu retten. Oder warum nicht er selbst – ein Mann ohne

Frau, Kinder oder Familie – an ihrer Stelle gestorben war.

„Was ist das?"

Peris Stimme ließ ihn zusammenzucken. Er schaute nach vorn und entdeckte etwas Dunkles auf dem Schnee.

Sie beschleunigte, und sie fuhren über eine kleine Bodenwelle und flogen in die Luft, landeten rasselnd, und es dauerte nicht lange, bis er die Form ausmachen konnte. Eindeutig ein Schneemobil.

„Das müssen sie sein!", meinte Peri.

Sie näherten sich, und Ronin wurde ganz mulmig zumute. Er suchte die Gegend um sie herum ab. Zwar konnte er nichts Verdächtiges entdecken, aber irgendetwas fühlte sich definitiv falsch an.

Sie hielten in der Nähe des verlassenen Schneemobils an.

Peri rutschte ab. „Wo sind sie?" Sie drehte ihren Kopf. „Vielleicht haben sie hier in der Nähe gearbeitet und sind in eine Gletscherspalte gestürzt?"

„Vielleicht." Sie umkreisten beide das Fahrzeug und Ronin streckte einen Arm aus, um Peri aufzuhalten.

„O Gott." Sie presste eine behandschuhte Hand auf ihren Mund.

Ronin biss die Zähne zusammen. Er schob seine Hand in die Tasche seiner Jacke, die eigentlich für seine Glock gedacht war.

Die beiden Wissenschaftler lagen im Schnee. Der eine, ein Mann, lag flach auf dem Rücken und starrte seelenlos in den Himmel.

Die Frau lag auf der Seite, und der Schnee neben

ihrem Kopf war blutverschmiert. Das Blut war genauso hellrot wie ihre Jacke.

„Bleib hier." Ronin nahm seine Glock in die Hand und ging auf die Leichen zu. Er kniete sich zwischen sie und zog seinen Handschuh aus, bevor er ihre Jacken so weit lockerte, dass er bei beiden den Puls überprüfen konnte.

„Scheiße." Er sah über seine Schulter zu Peri. „Sie sind tot."

DAS MUSSTE die Seidenstraße gewesen sein.

Peri presste sich die Hand auf den Mund und sah weg. Sie hatte auf ihren Expeditionen schon einige schwere Verletzungen gesehen, aber noch nie jemanden, der so gewaltsam ermordet worden war.

Wenn die Seidenstraße das tat – zwei unschuldige Menschen tötete, die nichts mit ihnen zu tun hatten und nicht wussten, was sie vorhatten –, was würden sie dann mit Amber machen?

Peri zwang sich, wieder hinzusehen und zu beobachten, wie Ronin die Wissenschaftler untersuchte. Schließlich erhob er sich. „Sie wurden erschossen."

„Gott." Sie schüttelte den Kopf. Diese armen Menschen.

Ein Muskel in Ronins Kiefer kribbelte, als er zu dem verlassenen Schneemobil hinüberging. Er schnappte sich das Funkgerät und atmete tief ein. „Scout Drei an *Aurora Station*."

„Verstanden, Scout Drei, leg los", antwortete Melinda.

„Wir haben sie gefunden."

Ein aufgeregter Laut drang durch die Leitung. „Geht es ihnen gut? Was ist passiert?"

„Tut mir leid, Mel. Sie sind beide tot."

Stille in der Leitung. Dann hörte Peri ein Ausatmen. „Verstanden, Scout Drei ..." Melindas Stimme brach.

Ronin trat mit einem Stiefel in den Schnee. „Mel, sie wurden erschossen. Das war kein Unfall."

„Erschossen?" Die Stimme der Stationsleiterin war scharf vor Schock.

„Ruf sofort alle anderen Suchteams zurück. Wer auch immer das getan hat, könnte immer noch hier draußen sein. Irgendwo in der Nähe."

„Verstanden. Und Ronin ... bitte bring sie nach Hause."

„Mach ich." Er steckte das Funkgerät weg und wandte sich an Peri. „Ich werde die Leichen einwickeln und eine auf jedem Schneemobil sichern. Bist du in der Lage, zurückzufahren?"

Sie spürte, wie ihr die Säure in der Kehle hochstieg, aber sie schluckte sie hinunter. Diese Menschen hatten es verdient, nach Hause zurückzukehren. „Ja."

Als sie ihm dabei zusah, wie er einige Planen und Seile aus den Staufächern der Schneemobile holte, fühlte sie sich kalt und leer. Er ließ sich Zeit, wickelte die Leichen ein und band eine auf dem Rücksitz des Schneemobils, mit dem sie hergekommen waren, und eine auf dem verlassenen Schneemobil der Wissenschaftler fest.

Peri half, wo sie konnte, obwohl sie sich vom Kopf bis zu den Zehen taub fühlte.

Als sie endlich wieder auf dem Schneemobil saß, war sie sich der Leiche hinter ihr sehr bewusst, aber Peri hielt ihre Gefühle unter Verschluss.

Während sie in Richtung von Dec und Logans Schneemobil fuhren, konzentrierte sie sich nur darauf, vor dem Sturm zurück zur Station zu kommen. Das Licht hatte sich bereits in ein trübes Grau verwandelt, und die Temperatur sank.

Als sie endlich ankamen, war ihr kalt. Ihre Gelenke waren taub, und sie war traurig. Die anderen erwarteten sie bereits. Ein angeschlagener Lars trat vor, zusammen mit einigen weiteren Forschern, und sie banden die Leichen los und brachten sie weg.

Melinda stand in der Nähe. Sie wirkte verstört. Dec stellte sich neben sie.

„Es tut mir so leid, Mel", meinte Ronin.

Sie nickte. „Danke, dass ihr sie aus der Kälte geholt habt." Sie räusperte sich und sah Dec an: „Ich nehme an, das könnte mit dem Grund zusammenhängen, warum ihr hier unten seid?"

Decs Miene war grimmig. „Möglich. Vertraust du all deinen Leuten?"

„Mit den meisten von ihnen arbeite ich schon seit mehreren Saisons zusammen, aber einige sind neu." Sie atmete tief ein und aus. „Hier unten sind wir aufein-ander angewiesen. Für unsere Arbeit, unsere Sicherheit, unsere emotionale Gesundheit. Ich würde gern sagen, ja, ich vertraue ihnen allen, aber ..." Sie starrte in die Rich-tung, wo die Leichen hingebracht worden waren.

Peri ergriff Melindas Hand. „Ich verspreche dir, falls das etwas mit unserer Mission zu tun hat, wird die Person, die das getan hat, dafür bezahlen."

Melinda drückte ihre Hand. „Ich danke dir." Dann sah die Stationsleiterin auf. „Der Sturm ist da. Wir sollten hineingehen. Allen wurden Zimmer zugewiesen, und das Abendessen wird in einer Stunde im Speisesaal serviert. Die Duschen sind auf drei Minuten begrenzt, aber das Wasser ist heiß." Sie bemühte sich um ein Lächeln. „Man bekommt nur mehr Zeit, wenn man teilt."

Peri erkannte, dass Melinda versuchte, die Stimmung aufzulockern oder sich von den schrecklichen Ereignissen abzulenken. „Woher bekommt ihr euer Wasser?" Sie wusste, dass die Wasserversorgung ein wichtiges Thema für Forschungsstationen war.

„Wir haben hier das ganze Jahr über Schnee", antwortete Melinda. „Wir verfügen über Schneeschmelzer, die von Sonnenkollektoren beheizt und von den Generatoren gespeist werden. Wir lagern das gesamte Wasser in Tanks in einem beheizten Tankhaus."

Peri wusste, dass Süßwasser für arktische und antarktische Stationen problematisch sein konnte. Wenn man keine einfache Wasserquelle wie einen Schmelzwasser-See oder Schnee hatte, musste man nach Wasser bohren.

Als sie hineingingen und ihre Ausrüstung ablegten, bewegte sich Peri auf Autopilot. Es fühlte sich wie eine große Anstrengung an, einen Fuß vor den anderen zu setzen. Eine fröhliche junge Frau teilte ihnen ihre Zimmernummern mit und winkte sie zu den Schlafräumen durch.

„Es gibt nur ein Gemeinschaftsbad, fürchte ich",

sagte die Frau. „Ganz am Ende des Flurs. Falls einer von euch das Zimmer neben Joe hat, entschuldige ich mich jetzt schon. Der Mann schnarcht lauter als ein Güterzug.“

Dec schlüpfte in sein Zimmer. Dann Logan. Als Peri die Tür zu ihrem öffnete, erblickte sie ein einfaches Bett mit einem dunkelblauen Bezug, einen Einbau-Schreibtisch und Schubladen unter dem Bett sowie Regale darüber. Ein kleines ovales Fenster zeigte nichts als graue Weite. Ihr Seesack lag auf dem Bett.

„Wir sehen uns zum Abendessen“, meinte Ronin hinter ihr.

Sie konnte seinen Blick nicht erwidern und nickte nur. Sie brauchte eine heiße Dusche und etwas Zeit, um alles verarbeiten zu können.

Eine Hand umfasste ihre Schulter. „Geht es dir gut?“

„Ich bin nur müde.“

„Der Tod ist immer hart“, sagte er leise.

Sie schluckte. „Du hast eine Menge Gefährten verloren.“

„Ja. Es wird nie leichter.“

Und wenn man niemanden hatte, der einen hielt und einem half, sich lebendig zu fühlen, musste es noch schwieriger sein. Aber im Moment wusste Peri, dass sie zusammenbrechen würde, wenn sie sich an ihn klammerte. „Wir sehen uns beim Abendessen.“ Sie schloss die Tür zwischen ihnen.

Peri öffnete ihre Tasche und holte ein paar Klamotten heraus, aber ihre Sicht verschwamm vor Tränen. Verdammt, sie hasste es zu weinen. Aber jetzt platzte das hoffnungslose Gefühl der Leere auf auf, und sie wurde von Gefühlen überflutet. Sie konnte nicht aufhören, an diese armen Wissenschaftler zu denken. Und schlimmer noch, sie hatte Todesangst um Amber.

Tränen ändern nichts, Peridot. Das war die Stimme ihrer Mutter. *Aber sie können helfen, den Schmerz zu lindern.* Tja, diese *Linderung* würde warten müssen.

Schnell packte Peri ihre Sachen und machte sich auf den Weg zu den Duschen am Ende des Ganges. In dem großen Raum gab es mehrere Kabinen, und sie trat in eine davon und zog den Vorhang hinter sich zu.

Sie zog sich aus, drehte den Hahn auf und ließ das heiße Wasser über ihr Gesicht laufen, und dann fielen die Tränen. Sie stand einfach nur da und weinte. Schluchzer lösten sich aus ihrer Brust.

Das Wasser stoppte, aber das Schluchzen hörte nicht auf. Gott, sie wusste, dass Weinen nie half und überhaupt nichts brachte. Aber in diesem Moment fühlte sie sich so allein. Die Sehnsucht nach ihrer vermissten Schwester war riesig.

Eine Sekunde später legten sich starke Arme von hinten um sie. Sie zuckte zusammen, bevor sie den Duft von Ronin erkannte. Er griff um sie herum und schaltete die Dusche wieder an.

Sie starrte auf seine muskulösen Arme mit den dunklen Haaren. Starke Arme, die ihr für eine Weile helfen konnten, sich aufrecht zu halten.

Sie drehte sich um und sah ihn an. Er war nackt und noch muskulöser und härter, als sie es sich vorgestellt hatte. Ein Ruck von etwas anderem schoss durch sie. „Lass mich vergessen, Ronin. Für ein paar Minuten muss ich diese Leichen vergessen, die Seidenstraße, die Schwierigkeiten, in denen meine Schwester steckt."

Sein markantes Gesicht war ernst. „Peri ..."

Sie drückte ihre Hände gegen seine Brust. Er war so warm. „Komm schon, G-Man, nur für eine Minute." Sie stellte sich auf die Zehenspitzen und küsste ihn.

Seine Lippen waren fest, aber im ersten Moment bewegten sie sich nicht. Sie knabberte an ihnen, dann strich sie mit den Zähnen über sein störrisches Kinn.

„Wirst du mich jetzt G-Man nennen?" Seine Hände glitten über ihre Haut.

„Es passt zu dir." Als sie wieder seine kühlen Lippen küssen wollte, teilten sie sich. Mit einem Stöhnen erwiderte er ihren Kuss.

O Gott! Seine Zunge stieß in ihren Mund, und das Gefühl überflutete sie. Sein Kuss war eindringlich, stark und unglaublich gut. Er zwang ihren Kopf zurück, und je intensiver er sie küsste, desto mehr vergaß sie. Sie drückte sich an ihn und verlor sich in ihren Gefühlen.

Das Wasser wurde wieder abgestellt.

„Berühre mich." Sie konnte das Flehen in ihrer Stimme hören.

Er hob ihren Arm und drückte ihr einen Kuss auf die Innenseite des Handgelenks. Dann seufzte er. „Du bist im Moment sehr verletzlich ..."

Sie gab ein wütendes Geräusch von sich. „Ich bin aufgewühlt, traurig, ängstlich und wütend. Aber ich weiß, was ich tue, Ronin. Wir wissen beide, dass wir uns vom ersten Moment an zueinander hingezogen gefühlt haben."

Er starrte sie einen langen Moment lang an, dann

drehte er sich um und schnappte sich ihre Handtücher. Er schlang sich eines um die Hüften und trocknete sie dann in aller Ruhe mit dem anderen Handtuch ab.

Ihr Herz fühlte sich an, als ob es in ihrer Brust tanzen würde. Er ließ sich Zeit und wickelte es dann um sie. Mit einer Hand hob er ihre Kleidung auf, mit der anderen packte er ihre und zog sie aus dem Bad. Eine Sekunde später öffnete er die Tür zu seinem Zimmer und zerrte sie hinein.

Eingeschlossen in dem kleinen Raum drehte sie sich um und sah ihn an, betrachtete seine muskulöse Brust, die bronzene Haut und die kaum verborgene Beule unter seinem Handtuch.

Peri fröstelte, aber das hatte nichts mit der Kälte zu tun.

KAPITEL NEUN

E r sollte sie nicht berühren.
Ronin wusste in dem Moment, als er Peri in der Dusche weinen hörte, dass er sich hätte umdrehen und weggehen sollen.

Aber er konnte sie und ihren Schmerz nicht ignorieren.

Als er sie jetzt anstarrte – ihr hübsches Gesicht, umrahmt von nassem Haar –, wusste er ebenfalls, dass er verschwinden sollte. „Peri …"

Rückwärts bewegte sie sich auf sein Bett zu und setzte sich darauf, wobei sie gleichzeitig ihr Handtuch losließ.

Jeder Muskel in seinem Körper wurde steif. Sie war so unglaublich schön. Voller straffer Muskeln und zarter Kurven.

„Berühre mich, Ronin." Sie fasste ihre Brüste an.

„Du bist so verdammt hübsch, Peri." Und stark. Ihre Arme und Beine waren schlank und stramm.

Sie ließ eine Hand über ihren Bauch gleiten, und dann tiefer. Zwischen ihren Beinen befand sich ein kleiner Fleck kupferfarbener Locken, und als sie sich selbst berührte, gab sie ein leises, kehliges Geräusch von sich. Sein Schwanz pochte, und er beobachtete sie mit gierigem Hunger. Er wusste, dass er nicht wegsehen könnte, selbst wenn die Station in Flammen stünde.

Sie keuchte, spreizte ihre Lippen und öffnete ihre Beine ein wenig. „Willst du mich nicht berühren, Ronin?"

Er knurrte. „Versuchst du, mich zu verführen?"

Sie gab einen erstickten Laut von sich. „Nun, wenn ich auf deinen Zug warte, werden wir beide alt und grau sein und uns immer noch anstarren, wenn wir glauben, dass der andere nicht hinsieht."

Ihre Finger strichen zwischen ihren Schamlippen hindurch, und sie stöhnte auf.

Um Ronins Beherrschung war es geschehen.

Er drückte ein Knie auf das Bett und beugte sich über sie. Er nahm sich selten, was er wollte. Sein ganzes Leben lang hatte er sein eigenes Verlangen unterdrückt. Aber jetzt senkte er seinen Kopf und presste seinen Mund auf den ihren. Der Kuss war wild und hungrig. Dann wanderte er mit seinem Mund ihren Hals hinunter, über ihr Schlüsselbein und über ihre Brüste. Er saugte eine Brustwarze in seinen Mund.

Sie bäumte sich auf, und ihre Hände glitten in sein Haar. „Ja, genau so."

Er mochte eine Frau, die wusste, was sie wollte. Er leckte und blies dann auf ihre Brustwarze und sah zu, wie sie sich noch mehr wölbte. Dann ließ er seinen

Mund zu ihrer anderen Brust gleiten. Als sie sich unter ihm krümmte, glitt er nach unten und drückte Küsse auf ihren Bauch.

„Willst du meinen Mund auf dir spüren, Peri?"

Sie ließ ihre Hüften kreisen. „Ja."

Er bewegte sich tiefer. „Du bist auch hier umwerfend schön. Und feucht."

„Jetzt!"

„Wenn ich es sage." Er knabberte an ihrem Schenkel und freute sich über ihren kleinen Schrei. „Ich werde dich lecken, saugen und dich kommen lassen. Wage es nicht, etwas zurückzuhalten, Peri. Ich will alles."

Ihr Atem kam in schweren Zügen. „Okay."

Mit einem Fingerknöchel fuhr er durch ihre feuchten Schamlippen. „Wunderschön." Dann beugte er sich vor und leckte sie.

Sie bäumte sich vom Bett auf, aber er hielt sie mit seiner anderen Hand fest. Er tauchte seine Zunge in sie ein. Herrje, sie schmeckte so unglaublich gut.

Ihre Hände zerrten heftig an seinem Haar. „Ich brauche dich, Ronin. So sehr."

Er neckte ihren geschwollenen Kitzler mit seiner Zungenspitze und ließ einen Finger in sie gleiten. Ihr Stöhnen war lang und laut. Er reizte sie weiter und wusste, dass er die ganze Nacht hier verbringen könnte. Dann schob er einen zweiten Finger in sie hinein, und sein Verlangen wurde zu einem brutalen, wilden Ding, das mit jedem Herzschlag durch ihn hindurchschlug. Während er sie verwöhnte, wurde ihr Stöhnen rauer und ungeduldiger.

Ihre starken Schenkel schlossen sich um seinen Kopf,

und er senkte seinen Mund auf ihrem Kitzler. Er leckte darüber, bevor er ihn einsaugte.

Ihre Hüften schaukelten hoch, und ihre Fersen sanken in seine Schultern. Ihr Orgasmus traf sie hart, und als ein Schrei aus ihr hervorbrach, ließ er eine Hand zu ihren Lippen gleiten. Sie biss auf seine Handfläche, um ihre Schreie zu unterdrücken.

Als Ronin keuchend den Kopf hob, lag sie zusammengekrümmt auf seinem Bett. *Verdammt!* Ihre Augen leuchteten, und ihre Wangen waren gerötet. Er hatte noch nie etwas so Verlockendes gesehen.

Sein Schwanz war steinhart und pochte schmerzhaft.

Er wollte sie gerade wieder berühren, als ein Klopfen an der Tür ertönte. Ronin erstarrte.

„Bereit zum Essen, Coop?", rief Dec.

Peri kicherte leise. „Du hast doch schon gegessen."

Ronin presste seine Hand auf ihren Mund. „Wir treffen uns dort."

Sie drückte ihm einen Kuss auf die Handfläche.

„Verstanden", sagte Dec durch die Tür.

Na toll. Dec hatte ihn fast nackt mit ihrer Klientin erwischt. Ja, Dec hatte eine frühere Klientin geheiratet, und fast alle von THS hatten sich auf verschiedenen Missionen ineinander verliebt, aber das war eine Grenze, die Ronin noch nie überschritten hatte. Er war noch nie in Versuchung gewesen, sie zu überschreiten.

Er spürte, wie Peris Hand seinen Bauch streifte, aber er fing sie ab, bevor sie tiefer wanderte. Er legte seine Stirn an ihre. „Das hätte nicht passieren dürfen."

Sie versteifte sich. „Warum?"

Erwartete sie, dass er ein vernünftiges Gespräch führte, während sie nackt unter ihm lag? Er erhob sich vom Bett und schlang das Handtuch um seine Taille. „Du hattest einen Schock, und du bist eine Klientin ...“

„Herrje, komm schon.“ Sie stand auf, völlig nackt und unbekümmert, die Hände in die Hüften gestemmt. „Du kannst dich selbst belügen, soviel du willst, Ronin. Ja, ich hatte einen Schock und ich bin eine Klientin. Aber was macht das schon? Danke, dass du mir etwas anderes gegeben hast – etwas wirklich Großartiges und Vergnügliches und Sexuelles, an das ich denken kann. Es war schön, sich zum ersten Mal seit Wochen wieder gut zu fühlen.“ Sie schnappte sich ihr Handtuch und wickelte es um sich, wobei sie das Ende zwischen ihre Brüste steckte, dann hob sie ihre verstreute Kleidung auf. „Ich werde mich anziehen. Du kannst hierbleiben und grübeln und dir bessere Ausreden ausdenken, warum wir nicht zusammen nackt im Bett liegen sollten, mit deinem Schwanz in mir, während ich weg bin.“ Sie zwinkerte ihm zu und schaute dann auf sein zerknülltes Handtuch hinunter. „Du kannst auch davon träumen, dass ich mich später bei dir revanchieren werde. Das werde ich nämlich.“

Mit diesen Worten schlich sie sich zur Tür hinaus.

Ronin ließ sich mit einem Stöhnen auf sein Bett fallen. Ihre Worte hallten in seinem Kopf wider, und ein Wirrwarr von nicht jugendfreien Bildern formte sich. Er schloss die Augen. *Bei Gott, diese Frau.*

PERI WÄLZTE sich in ihrer Koje. Sie warf einen Blick auf den Schein ihrer Uhr auf dem Nachttisch und sah, dass sie ein paar Stunden geschlafen hatte. Aber jetzt war sie mitten in der Nacht hellwach.

Verärgert schlug sie die Decke zurück und kletterte aus dem Bett. Sie musste auf die Toilette, und danach noch ein paar Mal in ihrem Kopf einen gewissen sturen Mann verfluchen. Er hatte sie beim Abendessen praktisch ignoriert und war dann verschwunden.

Sie hatte noch nie so hart für einen Mann gearbeitet. Wenn sie nicht überzeugt gewesen wäre, dass er es wert war …

Kopfschüttelnd eilte Peri barfuß den Flur hinunter. Außerhalb ihres Zimmers fühlte sich die Luft recht kühl an. Im Badezimmer war das Licht sehr schwach, und sie benutzte schnell die Toilette und wusch sich dann die Hände in dem kleinen Waschbecken. Sie starrte auf ihr Gesicht in dem kleinen Spiegel. Ein Gesicht, das dem ihrer Schwester sehr ähnlich war …

Plötzlich sah sie eine blitzartige Bewegung im Spiegel. Sie drehte sich um, um zu sehen, wer das Badezimmer betreten hatte, als Weiß ihre Sicht erfüllte.

Plastikstoff bedeckte ihr Gesicht und zog sich dann um ihren Hals zusammen. Sie hustete und hob ihre Hände, um an dem Material zu zerren. Jemand würgte sie mit einem der Duschvorhänge.

Peris Angreifer zerrte sie auf den Boden und zog kräftig an dem Gewebe. Sie versuchte, Luft zu holen, aber das Plastik saugte sich an ihrem Mund fest. Sie konnte nicht atmen!

Sie begann zu treten und zu strampeln, und ihr

Angreifer stöhnte. Wer auch immer es war, er war stark. Peri drehte sich und versuchte, an dem Vorhang zu zerren, aber er umschloss sie weiterhin gnadenlos.

Ihre Lungen begannen zu brennen, und ihre Sicht flimmerte. *Verdammt, nein!* Sie wollte hier in der Antarktis nicht sterben, und schon gar nicht, bevor sie ihre Schwester gerettet hatte. Sie rollte sich auf die Seite und versuchte, sich zu befreien. Ihr Körper prallte gegen etwas, das umfiel und auf den Boden krachte.

Mit einem Mal war der harte Druck des Duschvorhangs weg. Peri hatte Mühe, sich aufzusetzen, und nahm über dem Rasseln ihrer Atemzüge vage das Zuschlagen von Türen und Schreie wahr.

„Peri!"

Ronin rutschte neben ihr auf die Knie und riss ihr den Duschvorhang vom Leib. Als er seine Arme um sie schlang, hielt sie sich an ihm fest.

„Was zum Teufel ist passiert?", fragte Dec von der Tür aus.

Peri blinzelte. „Kann ich bitte etwas Wasser haben?"

Eine Sekunde später schob Dec ihr eine Flasche zu, und Peri trank ein paar Schluck.

„Peri?" Ronin strich ihr das Haar aus dem Gesicht. „Was ist passiert?"

„Jemand hat mich angegriffen. Er hat versucht, mich mit dem Duschvorhang zu erwürgen."

Ronin wurde totenstill, und sie sah, wie sein zusammengekniffener Blick zu dem weißen Plastik auf dem Boden in der Nähe wanderte. Ein furchterregender Ausdruck zog über sein Gesicht.

„Ronin." Peri kletterte auf ihre Knie, und ihre Hände

gruben sich in seine Arme. „Du kannst niemanden töten!"

„Doch, das kann ich."

„Dec!" Sie sah zu ihm auf.

Der andere Mann nickte. „Ich kümmere mich darum, Peri. Ronin, du kümmerst dich um sie, und Logan und ich werden den Mistkerl aufspüren, der sie angegriffen hat. Hast du ihn gesehen?"

Peri schüttelte den Kopf. „Ich habe nur weißes Plastik gesehen und war irgendwie damit beschäftigt, nach Luft zu ringen. Ich weiß nicht einmal, ob es ein Mann oder eine Frau war."

Ronin gab ein leises Knurren von sich, und sie drückte ihr Gesicht an seine Brust.

„Was ist los?" Melindas laute Stimme durchbrach ihre Gespräche.

„Jemand hat Peri auf der Toilette angegriffen", antwortete Dec.

„Was?" Ein zerzauster Lars erschien direkt hinter Melinda. „Sie muss ausgerutscht und gestürzt sein."

Peri warf dem Mann einen schiefen Blick zu. „Stimmt. Das stammt von einem Sturz." Sie deutete auf ihren wunden Hals.

Ronin gab ein weiteres gefährliches Geräusch von sich, während seine Finger über die wütenden roten Flecken auf ihrer Haut strichen. Er sah aus, als wäre er bereit, jemanden zu ermorden. Plötzlich wurde sie sich bewusst, dass alle auf dem Flur sie anstarrten, während sie sich stritten, und dass der Boden unter ihr eiskalt war.

„Äh ... G-Man, könntest du mich hier wegbringen?"

Ronin nickte ihr nur zu, und dann lag Peri plötzlich in seinen Armen. Augenblicke später war sie wieder in ihrem Zimmer, und er setzte sie auf dem Bett ab. Fröstelnd zog sie ihre Knie an die Brust.

„Geht es dir gut?", fragte er.

Sie nickte. „Ich bin am Leben." Sie drückte ihre Wange an ihr Knie. „Irgendein Arschloch hier muss für die Seidenstraße arbeiten."

„Ja. Dec arbeitet bereits mit Mel zusammen, um herauszufinden, wer." Ein Muskel in Ronins Kiefer zuckte. „Das ist die übliche Vorgehensweise der Seidenstraße. Sie infiltrieren alles und finden verwundbare Menschen, die Geld brauchen oder nach Macht streben."

Und das waren die Leute, die Amber in ihrer Gewalt hatten.

Peri spürte, wie sich die Wände des kleinen Raumes um sie herum zusammenzogen. Sie schluckte ein paar Mal und versuchte, sich zu beruhigen. Normalerweise war sie ziemlich unerschütterlich, aber diese ganze Situation und jetzt der Angriff in der Dusche führten dazu, dass sie angespannt und nervös war.

„Ronin?"

„Ja."

„Ich brauche etwas frische Luft."

Er sah sie eindringlich an. „Es ist eiskalt draußen ..."

Sie schoss auf die Beine und versuchte, ihre Panik zu verdrängen. „Das ist mir egal."

Er starrte sie weiter an, dann nickte er. „Zieh deine Sachen an."

Es dauerte nur Minuten, bis Peri ihre Ausrüstung und ihre Stiefel angezogen hatte. Kurz darauf schnappten Ronin und sie sich ihre Mäntel und traten hinaus in die kalte Nachtluft.

Draußen auf der Terrasse stolperte Peri und blieb stehen. „O mein Gott."

„Das ist wirklich beeindruckend", meinte Ronin mit Ehrfurcht in der Stimme. „Die südlichen Lichter."

Der Sturm hatte sich verzogen, und der gesamte Nachthimmel war in einer unglaublichen Palette von Fuchsia-Rosa, leuchtendem Violett und strahlendem Blau gefärbt. Dahinter war das atemberaubende Schauspiel der Milchstraße zu sehen.

„Die Aurora australis", murmelte Peri. „Das letzte Mal war ich zur falschen Zeit hier, um sie zu sehen."

Sie setzten sich auf eine der Stufen und drückten sich aneinander, Hüfte an Hüfte und Schenkel an Schenkel. Wieder einmal fühlte sich Peri von der starken Präsenz des Mannes getröstet. Da sein großer Körper ihr so nahe war, erinnerte sie sich mühelos daran, wie es sich angefühlt hatte, seinen dunklen Kopf zwischen ihren Beinen zu spüren und von ihm geleckt zu werden.

Das Verlangen kräuselte sich in ihrem Bauch, und sie spürte, wie sich Feuchtigkeit zwischen ihren Schenkeln ausbreitete. Sie rutschte ein wenig hin und her.

Ronin legte ihr einen Arm um die Schultern. „Sieh nach oben, Peri."

Sie tat es, gefangen von der herrlichen Aussicht. Sie spürte, wie die Anspannung aus ihr wich. „Erzähl mir etwas, das sonst niemand weiß."

„Ein Geheimnis?", fragte er.

„Irgendetwas."

„Ich habe mir den Namen Ronin ausgesucht, als ich acht war."

Sie drehte sich um und sah ihn an. Er blickte immer noch in den Himmel. „Erzähl mir die Geschichte."

„Das Krankenhaus nannte mich John, aber als ich in das System kam, wurde ich Michael genannt. Cooper war der Nachname der ersten Familie, bei der ich untergebracht war, aber als ich acht war, las ich etwas über die Ronin."

„Das ist japanisch, oder?", fragte sie.

Er nickte. „Meine damalige Pflegemutter sagte mir, ich sähe aus, als hätte ich etwas Japanisches an mir."

Peri betrachtete sein Gesicht und fand, dass seine Wangenknochen und die Form seiner Augen dies vermuten ließen.

„Ein Ronin war ein Samurai-Krieger ohne Meister", sagte er. „Ein Wanderer oder Herumtreiber. Derjenige, über den ich gelesen habe, symbolisierte Loyalität, Aufopferung und Beharrlichkeit."

Genau wie dieser Mann, der sie mit jeder Stunde mehr faszinierte. „Ich denke, Ronin ist der perfekte Name für dich."

„Er ist etwas, das ich mir selbst gegeben habe und das mir niemand wegnehmen kann."

Sie lehnte ihren Kopf an seine Schulter. „Deshalb will ich ein Zuhause. Einen Ort, der mir gehört, gefüllt mit meinen Sachen, und den mir niemand wegnehmen kann."

„Und einen Beagle."

„Er soll Porthos heißen."

„Nach einem der Musketiere?"

Sie nickte. „Wir sind durch Frankreich gereist, als ich etwa zehn Jahre alt war. In dem Dorf, in dem wir übernachteten, hatte eine Dame einen Beagle, der drei Welpen bekommen hatte. Sie waren so süß und hießen Athos, Porthos und Aramis. Porthos kletterte aus seinem Korb und leckte mir das Gesicht ab. Es war Liebe auf den ersten Blick."

„Ich hoffe, du bekommst eines Tages deinen Porthos, Peri."

„Im Moment würde ich alles dafür tun, meine Schwester wiederzufinden."

Sein Arm spannte sich an. „Morgen. Wir werden sie finden."

Peri betete, dass er recht behielt. „Was glaubst du, worauf die Seidenstraße aus ist?"

„Etwas Gefährliches. Sie werden von Geld- und Machtgier angetrieben. Aber wir haben bei unserer letzten Mission einen ihrer wichtigsten Leute ausgeschaltet. Irgendetwas sagt mir, dass das, wonach sie suchen, etwas sehr Bedrohliches sein wird. Etwas, das ihnen hilft, ihre Machtbasis zu festigen."

Sie zitterte.

„Wir müssen uns noch etwas ausruhen", meinte er. „Wir haben morgen einen großen Tag vor uns."

Sofort spürte sie, wie sich ihre Muskeln anspannten. Der Gedanke, wieder hineinzugehen, gefiel ihr nicht. „Ronin, bleibst du bei mir?"

Sein Arm legte sich fester um sie. „Ich lasse dich ganz

sicher nicht wieder allein. Du schläfst, und ich sorge dafür, dass du in Sicherheit bist."

Wärme strömte durch ihre Brust. Zum ersten Mal in ihrem Leben wusste sie ganz genau, dass die Person, die sie hielt, sie nicht im Stich lassen würde.

KAPITEL ZEHN

D er nächste Tag brach hell und sonnig an. Peri ging die Stufen des Hauptgebäudes hinunter und hinaus in den Schnee.

Vor ihr warteten drei Schneemobile, die mit Vorräten beladen waren.

Lars stand neben einem Fahrzeug und unterhielt sich leise mit Declan, Logan und Ronin. Er war ihr Führer zur Pyramide. Dec hatte Melinda, Lars und Gabriela über die Situation mit der Seidenstraße informiert, und die drei Stationsleiter hatten zugestimmt, Stillschweigen darüber zu bewahren. Sie waren nicht glücklich über die Tatsache, dass einer von ihnen ein Verräter sein könnte, aber sie wollten nicht, dass noch jemand starb.

Peri atmete tief die frische, klare Luft ein. Sie hatte den Rest der Nacht erholsam geschlafen. Nach dem Angriff hatte sie geglaubt, sie würde niemals einschlafen, aber dank Ronins muskulösem Körper, der sich an sie geschmiegt hatte, war sie praktisch sofort weggedöst, sobald ihr Kopf ihr Kissen berührt hatte.

Sie schaute zu Ronin hinüber und genoss seine kraftvolle Erscheinung. Selbst in seiner dicken schwarzen Jacke zog er ihre Aufmerksamkeit auf sich. Er strahlte Stärke aus, verbunden mit einer dunklen Seite. In der Vergangenheit hatte sie immer auf unkomplizierte Typen gestanden, die gern reisten und Abenteuer erlebten. Offenbar war dunkel, gefährlich und intensiv ihr neuer Typ Mann. *Ich bin noch nicht fertig mit dir, G-Man.*

Als sie sich näherte, riefen die Männer ihr alle etwas zu, und sie hob eine behandschuhte Hand.

„Bereit zum Aufbruch?", fragte Dec.

„Ja."

Lars nickte. „Ausgezeichnet. Das Wetter sieht gut aus, aber das kann sich im Handumdrehen ändern. Am besten machen wir uns auf den Weg."

Die Männer brachen zu ihren Schneemobilen auf.

Ronin blickte zu ihr herunter. „Ich fahre heute."

Sie legte den Kopf schief. „Das klingt gut."

Er kletterte auf die Maschine, und sie ließ sich hinter ihm nieder. Er ließ den Motor an, und die Vibrationen durchdrangen sie. Sofort dachte sie daran, wie sie mit ihm Motorrad gefahren war. Gott, es kam ihr vor, als wäre das schon Wochen her.

Sie lehnte sich vor. „Man sehe sich das an. Du bist schon wieder zwischen meinen Beinen."

Sein großer Körper zuckte, und Peri lächelte in sich hinein.

„Benimm dich", knurrte er.

Sie unterdrückte ein Lächeln und setzte sich die Brille auf. Augenblicke später fuhren sie alle los und schlitterten durch den Schnee. Lars führte die Gruppe an, gefolgt von Dec und Logan, und Peri und Ronin bildeten das Schlusslicht.

Die helle Sonne reflektierte auf dem Schnee und dem Eis. Peri atmete tief ein. Alles sah so frisch, makellos und unberührt aus. Konnten unter dem Eis wirklich die Ruinen einer alten Zivilisation begraben sein?

Bald erhoben sich die Berge vor ihr, dunkles Gestein, das durch den Schnee ragte. Die Gipfel sahen für sie alle natürlich aus.

Sie fuhren an einigen unwegsamen Stellen vorbei und setzten ihren Weg fort.

Kurze Zeit später hielt Lars an, und die beiden anderen Schneemobile flankierten ihn.

„Dort", sagte der Wissenschaftler und zeigte nach vorn.

Peri drehte ihren Kopf und holte tief Luft. Ihr Ziel lag am Ende einer Reihe von Hügeln. Eine perfekte Pyramide aus dunklem Felsen, die durch den Schnee in den Himmel ragte.

Sie machten sich wieder auf den Weg, und kamen immer näher. Peri hielt ihren Blick auf den Felsen gerichtet. Es war unglaublich, obwohl sie nicht sagen konnte, ob die Natur oder der Mensch dies geschaffen hatte. Sie rasten an einer Seite des Bauwerks vorbei, und sie musterte die Oberfläche. Es gab keine Anzeichen von Schnitzereien oder Türöffnungen, aber die Felswand sah sehr glatt und regelmäßig aus. Sie war nicht aus Steinblöcken gebaut wie die ägyptischen Pyramiden.

Sie umrundeten die Pyramide in einem weiten Bogen. Dabei bemerkte sie, dass Ronin weniger an der Pyramide interessiert war und stattdessen die Umgebung studierte. Sie vermutete, dass er nach irgendeinem Zeichen der Seidenstraße suchte.

Schließlich hielten sie alle an.

„Wir werden uns zu Fuß umsehen!", rief Dec.

„Hast du etwas gesehen?", fragte sie Ronin.

Er schüttelte den Kopf. „Wenn sie hier gewesen wären, müsste es irgendwelche Anzeichen geben. Ein Lager, Spuren, Abfälle, irgendetwas."

Gott, was, wenn dies nicht das Ziel der Seidenstraße war? Peri drehte sich der Magen um, als läge ein Stein auf seinem Grund. Was, wenn Amber nicht hier war?

Lars, Dec und Logan schwärmten aus und begannen mit ihrer Suchaktion. Peri folgte ihnen eifrig und behielt Ronin im Auge.

Amber musste hier irgendwo sein. Peri stapfte durch den Schnee. Sie würde nicht aufgeben, bis sie ihre Schwester gefunden hatte.

Aber als sie an der Pyramide entlangging, konnte sie nichts Ungewöhnliches entdecken. Ihre Schultern sackten ein.

Hier gab es nichts außer Fels, Eis und Schnee.

***

ALS SIE SICH um das Bauwerk herum verteilten, spürte Ronin Peris wachsende Anspannung.

Sie hatten weder ein Zeichen von der Seidenstraße noch von ihrer Schwester gefunden.

Er bewegte sich am Rand der Pyramide entlang und blieb stehen, um an der glatten Felswand hinaufzusehen. Noch immer konnte er nicht entscheiden, ob es sich um eine von Menschenhand geschaffene oder um eine natürliche Formation handelte.

Dec rief laut nach ihnen. Ronin wartete auf Peri, und gemeinsam eilten sie zur Stelle, an der Dec und Logan standen und auf den Schnee hinunterblickten. Er war plattgedrückt und möglicherweise der Ort eines ehemaligen Camps.

Aber es gab keine Spuren.

„Könnte ein Lagerplatz gewesen sein", meinte Ronin langsam.

„Aber so ganz eindeutig ist es nicht", antwortete Dec.

Peri trat in den Schnee. „Es muss ein Zeichen geben, dass sie hier waren."

Sie gingen zurück auf die andere Seite der Pyramide. Lars lief voraus und schaute in den Schnee.

„Irgendetwas?", rief Peri.

Der Wissenschaftler schüttelte den Kopf. „Sieht nicht so aus, als wäre jemand hier gewesen."

Ronin warf einen Blick nach unten, wo Lars' Stiefel Spuren im Schnee hinterlassen hatten. Er entdeckte einen Farbblitz, der teilweise vergraben war, und ging darauf zu. Als der Wissenschaftler zurücktrat, kniete Ronin nieder und kratzte den eisigen Schnee weg ... und zog eine rote Verpackung heraus. Er hielt sie hoch.

Peri nahm sie und drehte das Papier um. Dann grinste sie. „Es ist eine Verpackung für einen Schokoriegel. Die isst Amber am liebsten! Sie nimmt immer einen Vorrat mit auf Reisen."

Ronin sah sich um. „Sie waren also hier."

„Wo zum Teufel sind sie dann hin?", fragte Logan mit einem finsteren Blick.

„Hier ist nichts", meinte Lars. „Und diese Pyramide sieht für mich wie ein natürlicher Berg aus."

Peri schüttelte den Kopf und drehte sich langsam im Kreis, die Augen zusammengekniffen. Ronin beobachtete, wie sich ihr Blick auf ein Stück Schnee in der Nähe richtete, das aufgewühlt aussah. Sie bewegte sich näher darauf zu.

Plötzlich stieß sie einen spitzen Schrei aus und sank hüfttief in den Schnee.

„Peri!" Er stürzte auf sie zu.

Sie steckte im Schnee fest, aber sie blieb ruhig. „Mir geht es gut."

Ronin nahm ihre Hand, weil er sich Sorgen machte, dass sie über einer tiefen Gletscherspalte baumelte.

„Vorsicht!", rief Dec.

„Nein, keine Sorge. Mir fehlt nichts", beruhigte ihn Peri. „Ich habe festen Boden unter den Füßen." Sie schaufelte den Schnee weg. „Damit wurde ein flaches Loch abgedeckt."

„Logan und Lars, holt die Klappschaufeln von den Schneemobilen", befahl Dec.

Ronin zog Peri aus der Vertiefung heraus, schockiert darüber, dass sein Herz so heftig hämmerte. Er sah zu, wie sie den Schnee von ihrer Kleidung abklopfte.

Die Männer kehrten zurück und begannen, den Schnee wegzuschaufeln.

Schließlich traten sie alle schweigend zurück.

„Was zum Teufel?", hauchte Peri.

Sie hatten einen Eingang zu einem Tunnel freigelegt, der etwa zwei Meter Durchmesser hatte.

„Er führt hinunter unter die Pyramide", stellte Dec fest.

Ronin ging in die Hocke und reckte den Hals, um in den Tunnel zu schauen. Er grub sich in das Eis darunter und war perfekt kreisförmig. „Das Eis sieht aus, als sei es geschmolzen worden, um diesen Tunnel zu bilden." Was zum Teufel hatte die Seidenstraße dafür benutzt?

„Kannst du da drin etwas sehen?", fragte Peri.

Ronin holte eine Taschenlampe hervor und leuchtete in den engen Gang hinein. Das Licht glitzerte auf etwas Metallischem.

„Hier drin sind fünf Motorschlitten versteckt."

„Das sind sie." Peri hockte sich neben ihn. „Wir müssen da rein."

„Schnappen wir uns unsere Ausrüstung", stimmte Dec zu.

Sie schoben ihre Schneemobile nahe an die Pyramide heran und schnappten sich ihre Rucksäcke. Jeder von ihnen war mit Zelten, Schlafsäcken, Rationen und anderen Ausrüstungsgegenständen für das Überleben in der Kälte ausgestattet. Dann schaltete jeder seine Taschenlampe ein.

„Sind wir uns sicher, dass das eine gute Idee ist?", fragte Lars mit besorgter Miene.

Ronin ignorierte den Mann und ließ sich in den Tunnel hinab. Er streckte seine Hand aus und hielt Peris Taille fest, als sie über den Rand kletterte. Er ließ sie herunter, und die anderen folgten ihnen hinein.

Sie gingen den Tunnel entlang. Der Boden war glitschig und der Tunnel neigte sich leicht. Sie kamen an den Schneemobilen der Seidenstraße vorbei, und Ronin hörte Logan grummeln. Der Kopf des großen Mannes streifte den oberen Rand des Tunnels.

Dann, einen Moment später, öffnete sich der Tunnel zu einer großen Höhle.

„Wow." Peri leuchtete mit ihrer Taschenlampe nach oben.

Die leere Grotte bestand ganz aus weiß-blauem Eis. Die glatten Wände sahen aus wie ein Kunstwerk.

„Das ist natürlich", meinte Ronin.

„Ist die Grotte stabil?", fragte Lars.

„Das Eis ist intakt", antwortete Dec. „Keine Anzeichen von Rissen oder Instabilität."

Sie durchquerten den großen Raum. Vor ihnen tauchte eine riesige Wand aus dunklem Gestein aus der Dunkelheit auf. An einigen Stellen war sie mit einer dünnen Eisschicht bedeckt.

Dann stolperte Peri und blieb stehen. „Heilige Scheiße! Seht euch das an."

Ronin ließ seine Taschenlampe in ihre Richtung leuchten. Die beiden schmalen Strahlen erhellten ein riesiges Tor im Felsen. Es war offen, und dahinter herrschte Dunkelheit.

Verdammt. Ronin starrte es an. Die Ränder waren verschnörkelt und von Gravuren gesäumt.

„Was zum Teufel?", murmelte Dec und betrachtete es angespannt.

Peri stürmte vor und drückte ihre behandschuhte Hand auf den Rand des großen Türrahmens. Er war über drei Meter hoch.

„Unglaublich", staunte sie und strich mit der Hand über den Felsen. „Hier sind Inschriften."

Ronin bewegte seine Lampe und sah sie nun deutlicher.

„Sie ähneln ägyptischen Hieroglyphen", murmelte Dec. „Aber die Symbole sind nicht ganz dieselben. Einige sind anders, und ein paar habe ich noch nie gesehen." Er holte eine kleine Kamera hervor und machte ein paar Aufnahmen.

„Lasst uns hineingehen." Peri trat ein.

„Wir sollten darüber nachdenken!", rief Lars.

Ronin blieb direkt hinter ihr. Sie bewegten sich leise, und das einzige Geräusch war das Knirschen ihrer Stiefel auf dem Eis.

Der große Tunnel war vollkommen rechteckig und mit Wänden aus blauem Eis ausgekleidet. Sie leuchteten von innen mit einem schwachen Licht.

„Woher kommt dieses Licht?" Logans Grollen hallte von den Wänden wider.

Ronin zuckte mit den Schultern. „Keine Ahnung. Eine Art Phosphoreszenz?"

„Könnte Biolumineszenz sein, falls es Organismen gibt, die im Eis gefangen sind", fügte Dec hinzu.

Ronin schüttelte den Kopf. Das war alles ziemlich erstaunlich. Der Tunnel führte noch ein paar Meter weiter, bevor eine massive Eiswand ihnen den Weg versperrte.

Peri runzelte die Stirn. „Das kann doch nicht sein!"

„Vielleicht hat das Eis im Laufe der Jahre die Tunnel zugeschüttet, die hier unten waren", meinte Ronin.

„Hier drüben!", rief Lars.

Der Mann stand an einer Seitenwand ein paar Meter

weiter hinten. Er leuchtete mit seiner Taschenlampe auf den Boden.

Ein weiterer kreisrunder Tunnel war in das Eis geschmolzen worden. Ronin wollte unbedingt sehen, welche Technik die Seidenstraße für den Bau ihrer Tunnel verwendete. Er hockte sich an den Rand und spähte in die Dunkelheit. Dieser Tunnel verlief fast senkrecht.

Das Licht drang nicht weit vor. „Keine Ahnung, wie tief er ist." Ronin fing den Blick von Dec und dann den von Logan auf.

„Wenn er zu tief ist", erwiderte Dec, „wird es schwierig sein, wieder herauszukommen."

„Sie müssen in diese Richtung gegangen sein." Peri deutete mit einem Finger auf den Tunnel. „Meine Schwester ist da unten, und ihre Zeit läuft ab."

„Du kannst ihr nicht helfen, wenn du tot bist", meinte Dec.

Peri presste die Lippen aufeinander und wartete. Ronin hasste es, den hilflosen Blick auf ihrem Gesicht zu sehen. Er nahm ihre Hand. „Wir gehen runter."

Ihre Augen suchten seine, und ein Glitzern leuchtete in ihnen. „Danke."

Dec schnaubte. „Wenn wir eine Meile unter dem Eis landen, sollten wir verdammt noch mal hoffen, dass die Seidenstraße eine Möglichkeit hat, da wieder rauszukommen. Lasst uns gehen ... bevor ich wieder zu Verstand komme."

Ronin und Peri traten an den Rand des Tunnels. Er setzte sich auf die Kante. „Das wird eine höllische Rutschpartie. Ich gehe zuerst."

„Ich komme mit dir." Sie schob sich dicht neben ihn. „Bereit?"

„Bereit", bestätigte er.

Er packte ihre Hand und stieß sich ab. Sie rutschten auf dem Rücken die glatte Oberfläche hinunter und wurden immer schneller. Die Dunkelheit verschluckte sie, und er hielt Peris Hand und seine Taschenlampe fest im Griff. Der Lichtstrahl tanzte schwindelerregend auf der glatten Oberfläche des Tunnels.

Während sie hinabrasten, hörte er, wie Peri ein leises, gestresstes Quieken von sich gab. *Mist.* Ronin hatte keine Ahnung, wo sie landen würden. Er steckte die Taschenlampe in seine Tasche und schnappte sich Peri. Er zog sie näher heran, bis sie praktisch auf ihm lag. Sie schlang ihre Beine und Arme um ihn.

„Halt dich fest!", rief er.

Sie rutschten weiter nach unten, und so langsam fühlte es sich an, als würde die Rutschpartie ewig andauern. Peri hielt sich fester an Ronins Jacke fest.

„Wir rutschen tief. Richtig tief!", rief sie.

„Ich glaube, der Tunnel wird flacher." Seine Stimme hallte von dem Eis wider. „Wir werden langsamer."

Ohne Vorwarnung schossen sie aus dem Tunnel und flogen durch die Luft. Ronin sah fahles Licht und Eis. Als sie fielen, fluchte er laut, und Peri umklammerte ihn noch fester.

Mitten in der Luft drehte er sich mit ihr. Eine Sekunde später prallten sie auf dem Boden auf – Ronin zuerst, und Peri landete auf ihm. Schmerzen durchzuckten ihn, und er stöhnte auf.

„Gott, geht es dir gut?" Sie rappelte sich auf und betastete ihn. „Irgendetwas gebrochen?"

Er setzte sich auf. „Du bist nicht so schwer. Mir fehlt nichts. Und dir?"

Sie nickte leicht. „Alles gut. Du gibst einen guten Landeplatz ab." Sie nahm ihre Taschenlampe, drehte sich um und leuchtete zurück auf den Tunnel, aus dem sie wie aus einer verdammten Wasserrutsche herausgeschossen waren. Er befand sich etwa einen Meter über dem Boden. Das Echo von Männerstimmen erfüllte die Luft, und er wusste, dass die anderen nicht weit hinter ihnen waren.

Dann drehte sie sich um, und Ronin stand auf und wischte sich den Staub von den Klamotten ab. Sie blickte über ihn hinweg und ihr fiel die Kinnlade herunter.

„O mein lieber Gott."

Er wurde stocksteif, drehte sich um und griff nach seiner Waffe. Als er sah, wohin sie blickte, murmelte er: „Ach du Scheiße."

Ein vollkommen intakter Felsentempel erhob sich und füllte die große Kaverne aus.

KAPITEL ELF

P eris Herz klopfte wie ein Presslufthammer in ihren Ohren. Wie in der vorherigen Höhle leuchteten auch hier die Wände und die Decke in einem sanften blauen Licht und sorgten dafür, dass sie den Tempel in seiner ganzen Pracht sehen konnten.

Er war aus dunklem Felsen gehauen, mit Säulen, die in einem eleganten Stil aufragten, der vage an ägyptische Tempel erinnerte. Der zentrale Teil hatte die Form einer Pyramide, von der symmetrische Säulenreihen ausgingen. Aus einer großen Öffnung an der Vorderseite der Pyramide war anscheinend einst ein Wasserfall geflossen, der jetzt jedoch in einem blauen Eisvorhang erstarrt war.

Plötzlich ertönte ein Schrei hinter ihnen. Peri drehte sich um und sah, wie ein großer Körper aus dem Tunnel flog. Logan schlug mit einem dumpfen Aufprall neben ihnen auf dem Boden auf. Fluchend drehte er sich um und rappelte sich auf.

Einen Moment später landeten Lars und Dec. Lars

lag wie betäubt auf dem Boden, während Dec sich athletisch auf die Füße rollte.

„Geht es allen gut?", fragte Ronin.

„Ich glaube schon", antwortete Lars und rieb sich die Hüfte.

Dec nickte und hängte sich seinen Rucksack höher auf die Schultern.

Dann klappte Lars' Mund vor Überraschung auf. „Mein Gott."

Dec musterte den Tempel ohne jede Regung, und Logan stemmte einfach die Hände in die Hüften und schaute finster drein. Peri dachte sich, dass die beiden ein wenig abgestumpft waren, wenn es um die Entdeckung fantastischer, verlorener Tempel ging.

„Nun, Zach und Layne werden sich freuen", meinte Dec. Er zückte seine Kamera.

„Ich kann es kaum glauben", staunte Peri. „Es ist wahr. Es gab hier in der Antarktis einmal eine Zivilisation."

„Komm schon." Ronin nahm Peris Hand und zog sie in Richtung des Bauwerks.

Sie gingen einige Stufen hinauf und betraten den eigentlichen Tempelkomplex. Dann schwärmten sie aus und schlängelten sich langsam durch die Säulen. Peri entdeckte weitere Hieroglyphen, die in den Fels gemeißelt waren. Die Säulen sahen filigraner aus als die, die sie in Ägypten gesehen hatte, feiner und eleganter. An manchen Stellen bedeckte das Eis den Felsen mit einem glänzenden blauen Film.

Die zentrale Pyramide ragte vor ihr auf.

Dec blickte nach oben. „Das könnte direkt unter der oberen Pyramide sein."

„Hier drüben!", rief Logan.

Vorfreude schoss durch Peri, und sie eilte mit den anderen hinüber. Logan stand neben den Überresten eines Camps.

Peri biss sich auf die Lippe. An einer Felswand war Ausrüstung gelagert – Rucksäcke, große Wasserflaschen, Zelte. Sie suchte nach einem Anzeichen für Ambers Ausrüstung, aber ihr kam nichts bekannt vor.

„Was zum Teufel ist das?" Logan stieß gegen ein großes Ausrüstungsteil, das vage wie ein Raketenwerfer aussah.

Ronin ging in die Hocke. „Eine Art Technik, um die Tunnel zu bauen. Könnte ein Laser sein, aber ich bin mir nicht sicher."

„Wir haben keine Zeit, das jetzt zu überprüfen", meinte Dec.

Ronin begann, die Rucksäcke zu öffnen. Er zog Gegenstände heraus, untersuchte sie und warf sie dann weg. Er fand ein Tablet in einer robusten Hülle und tippte auf den Bildschirm. „Es ist passwortgeschützt."

„Kannst du den Code knacken?", fragte Dec.

„Nicht so schnell, wie Darcy es könnte." Ronin stand auf. „Aber gib mir eine Minute."

Peri sah zu, wie er gekonnt Befehle in das Tablet tippte, und eine Sekunde später füllten Daten den kleinen Bildschirm.

Er überprüfte sie, bevor er es zu Dec neigte. Der andere Mann fluchte.

„Was?", fragte sie. „Was ist denn los?"

„Wir wissen, worauf die Seidenstraße hier unten aus ist", antwortete Ronin düster.

Ein Schauer lief ihr über den Rücken. *Die Waffe.* „Wie konnten sie wissen, was sie hier unten finden würden?"

„Sie haben eine geheime Naziakte besorgt." Dec fuhr sich mit einer Hand durchs Haar. „Die Nazis haben diesen Ort entdeckt, als sie hier während des Krieges einen Stützpunkt errichten wollten."

Ronin hob den Kopf von dem Text, den er gerade las. „Und dann hat die Seidenstraße ein Erkundungsteam geschickt. Sie haben ausgekundschaftet, was sie konnten, und aufgezeichnet, was sie gesehen haben. Es sieht so aus, als hätten ihre Leute es geschafft, einige der Hieroglyphen zu entschlüsseln." Er zeigte ihr das Bild auf dem Tablet.

Es handelte sich um ein metallisches Artefakt, das wirkte wie eine kleine Keule mit etwas, das wie Klauen aussah, an beiden Enden. So etwas hatte sie noch nie gesehen. Am ehesten konnte sie es mit einem Zepter vergleichen, das ein König oder eine Königin halten würde. „Was ist das?"

„Man nennt es Vajra", erklärte Dec.

„Und was ist das genau?", fragte Peri.

Dec holte tief Luft. „Vajra ist ein Wort aus dem Sanskrit und bedeutet sowohl Donnerkeil als auch Diamant."

Sie blinzelte. „Sanskrit? Das ist indisch?"

Dec nickte. „Es war eine Waffe, die Indra gehörte, dem Gott des Regens und des Donners. Der Vajra verfügte über die Unzerstörbarkeit eines Diamanten und die unaufhaltsame Kraft eines Blitzes."

„Es ist tatsächlich eine Waffe", meinte sie leise.

„Ja", erwiderte Ronin. „Das ist es, was die Seidenstraße sucht."

„Verdammt noch mal." Dec presste eine Hand an
seinen Hinterkopf. „Ich hatte gehofft, dass sie hier nichts
finden würden. Wenn das eine Art fortgeschrittene
Technologie ist, könnte sie wirklich gefährlich sein."

„Wir müssen sie aufhalten", knurrte Ronin.

„Ja", stimmte Dec zu.

O Gott. Wieder einmal kämpfte Peri gegen eine
Welle intensiver Angst um ihre Schwester an. Die
Söldner der Seidenstraße waren von Antiquitätendieben
zu möglichen Terroristen aufgestiegen, die hinter einer
tödlichen Waffe her waren.

„Lasst uns weitergehen." Dec stieg die Haupttreppe
hinauf und durch den eisbedeckten Eingang der
Pyramide.

Im Inneren der Hauptpyramide leuchtete ein blau-
weißes Licht.

„Dieser Ort ist unglaublich." Lars' Stimme klang
ehrfürchtig.

„Ich vermute, dass es einige Überlebende dieser Zivilisation herausgeschafft und sich über die ganze Welt
verbreitet haben", meinte Dec. „Einige gingen nach
Indien, andere nach Südamerika, nach Nordamerika und
nach Ägypten. Layne erzählt gern von den ägyptischen
Legenden über die Shemshu Hor. Sie sollen Überlebende gewesen sein, weise Magier, die sich in Ägypten
niederließen und ihr Wissen weitergaben."

„Man könnte auch an Viracocha denken", schlug
Logan vor. „Der Schöpfergott der Inka. Er wanderte

durch die Welt und teilte sein Wissen über die Zivilisation." Der große Mann sah auf. „Er wurde gewöhnlich mit zwei Donnerkeilen in den Händen dargestellt."

Peri schüttelte den Kopf und versuchte sich vorzustellen, wie die Überlebenden einer Katastrophe sich über die ganze Welt verstreuten, um sich ein neues Leben aufzubauen. Sie ging durch den Tempel und starrte auf die Schnitzereien an den Wänden. Sie konnte Dinge erkennen, die ägyptisch, indisch und vielleicht auch inkaisch aussahen. Sie blieb stehen und drückte ihre Hand auf das Eis, welches das Bild einer seitlich stehenden Frau mit ausgestreckten Armen bedeckte.

Wie hatte das Leben hier ausgesehen, in dieser verlorenen Zivilisation? Wie hatte es sich angefühlt, als ihre Welt untergegangen und zerstört worden war? So viele mussten gestorben sein. Eltern hatten ihre Kinder verloren, Ehefrauen ihre Männer, und Schwestern einander.

Als sie an einer riesigen dunklen Felsplatte vorbeikamen, die eine Art Altar sein musste, erwartete Peri fast, Priester und Priesterinnen mit Opfergaben für die Götter herauskommen zu sehen. Vor ihnen tauchte ein weiteres riesiges Tor auf, das aus dem eisbedeckten Tempel hinausführte.

Sie folgte Ronin durch die Öffnung. Alle hielten inne und staunten. Schließlich sah sie etwas, das auch Declan, Logan und Ronin schockierte.

Vor ihnen erstreckte sich eine kleine Stadt.

An einigen Stellen waren die Gebäude unberührt, als wären sie erst vor Kurzem verlassen worden. An anderen Stellen war das Eis wie eine sich langsam bewegende

Welle eingedrungen und hatte die Gebäude in seine Gewalt genommen.

„Seht mal." Peri entdeckte ein Stück Stoff, das am Fuße der Treppe auf dem Boden lag. Sie eilte hinunter und schnappte es sich. Es war eine grüne Wollmütze.

Peri drückte sie an ihre Brust und schloss die Augen. „Sie gehört Amber."

Ihre kluge, tapfere Schwester versuchte, Hinweise zu hinterlassen.

„Wir müssen weitergehen." Ronin griff nach Peris Arm und drückte ihn. „Vielleicht können wir sie noch einholen."

Dec nickte. „Aber irgendwann müssen wir anhalten und uns ausruhen."

Peri wollte widersprechen. Sie wollte in diese unheimliche, tote Stadt stürmen und ihre Schwester finden. Aber sie war eine erfahrene Polarführerin und wusste, dass man nicht zu viel riskieren sollte. Das könnte sie alle das Leben kosten.

Ronin hielt ihre Hand. „Wir können noch ein wenig weitergehen, bevor wir eine Pause machen."

Sie lächelte ihn an. Es schien, als könne er sie wie ein offenes Buch lesen, aber das war ihr egal. Irgendwann in den letzten Tagen hatte Ronin Cooper ihr Vertrauen gewonnen. Sie folgte ihm in die alte Stadt.

RONINS SCHRITTE HALLTEN DUMPF auf dem eisbedeckten Stein wider. Sie gingen eine Straße entlang, die von Gebäuden gesäumt war, die wahrscheinlich

Geschäfte oder Wohnhäuser gewesen waren. Als sie einen offenen Platz überquerten, der einst vielleicht als Park gedient hatte, konnte man nur noch eine glatte, eisbedeckte Fläche erkennen.

Es war bestimmt eine erstaunliche Metropole gewesen.

Er warf einen Blick auf den Boden und bemerkte die Abdrücke der Stiefel auf dem Eis. „Sie sind hier entlang gegangen."

Die Seidenstraße hatte eine deutliche Spur hinterlassen, der sie folgen konnten. Die Diebe rechneten offenbar nicht mit Gesellschaft.

Der Weg bog ab, und vor ihnen lag eine riesige Wand aus Eis in einem trüben Blaugrün. Die Straße führte direkt an ihr entlang.

Plötzlich sprang Peri von der Eiswand zurück. „Was zum Teufel?"

Ronin wirbelte herum und griff nach seiner Glock. „Was?" Er sah nichts weiter als Eis.

Sie runzelte die Stirn. „Ich habe gesehen, wie sich etwas bewegt hat. *Im* Eis."

Ronin sah Dec an, der den Kopf schüttelte. Ronin betrachtete die Eiswand erneut.

Dann gab es eine plötzliche Bewegung hinter dem Eis, und seine Augen weiteten sich. Ein riesiges Tier schwamm vorbei. Es hatte unverwechselbare schwarz-weiße Markierungen.

„Ein Orca", hauchte er. „Hinter dieser Wand ist Wasser."

„Mein Gott!", rief Peri.

Ein weiteres großes Raubtier schwamm mit anmutigen Bewegungen vorbei. Ronin spähte durch das Eis und entdeckte verzerrte Schatten auf der anderen Seite. Dort draußen war noch etwas anderes.

„Dec? Was hältst du davon?" Ronin zeigte darauf. Auf der anderen Seite des Eises, im kalten Wasser, war eindeutig etwas zu erkennen.

„Sieht fast aus wie ... Fahrzeuge", antwortete Dec mit einem Stirnrunzeln.

„Oder vielleicht U-Boote?", fügte Peri hinzu.

Dec machte ein paar Fotos. „Sie sehen uralt aus. Ich vermute, sie wurden von den Menschen hergestellt, die hier gelebt haben. Layne wird *so* wütend sein, weil sie nicht bei dieser Mission dabei sein konnte."

Sie gingen weiter und passierten noch einige weitere ordentlich angelegte Straßen, während sie den Stiefelspuren folgten. Die Seidenstraße war tief in das Herz der Stadt vorgedrungen.

„Seht euch das an", hauchte Peri.

Nicht weit entfernt war das Eis in die Stadt eingefallen und hatte eine riesige Eiswölbung geschaffen, die eine Höhle bildete. Sie eilte dorthin und warf einen Blick hinein.

Für Ronin sah es aus, als wäre das Wasser wie eine Welle hineingestürzt und gefroren. Es hatte eine wunderschöne blau-grüne Farbe.

„Der Boden da drin ist rau", meinte sie. „Aber die Wände sind glatt und wunderschön. Es ist erstaunlich."

„Seht euch das an." Ronin leuchtete mit seiner Taschenlampe nach oben.

Dec atmete zischend ein. „Das sieht nicht sonderlich stabil aus."

Die Decke der Eishöhle war mit spitzen Eiszapfen übersät.

„Ich bin froh, dass die Seidenstraße nicht diesen Weg genommen hat", stellte Logan fest.

Seine Stimme hallte durch die Kaverne, und eine Sekunde später krachten mehrere Eiszapfen wie Raketen auf den Boden.

Sie sprangen alle zurück.

„Scheiße!", murmelte Peri.

„Kommt schon", befahl Dec. „Lasst uns weitergehen."

Sie wendeten sich von der Eishöhle ab und gingen zurück auf die Straße. Bald trat ihre Gruppe auf einen großen Hauptplatz hinaus. Ronin nahm sich einen Moment Zeit, um nach vorn zu blicken, aber er konnte keine Bewegung sehen oder irgendwelche Geräusche hören. Ein riesiger, rechteckiger Obelisk beherrschte den Platz und stand aufrecht da. Er war mit Gravuren bedeckt.

Sie hielten davor an, und Dec trat näher heran und legte eine Hand auf die Symbole. „Sieht eindeutig aus wie ägyptische Hieroglyphen."

„Kannst du sie lesen?", fragte Peri.

„Ein wenig. Ich wurde von einem Geschichtsprofessor und einer Schatzsucherin aufgezogen, da nimmt man eine Menge mit."

„Außerdem hast du eine Archäologin geheiratet, die sich auf ägyptische Geschichte spezialisiert hat", fügte Logan hinzu.

Dec grinste. „Mir fallen schönere Dinge mit meiner Frau ein, als Hieroglyphen zu entziffern."

Logan schnaubte.

Als Dec sich wieder dem Obelisken zuwandte, sah Ronin, wie er die Stirn runzelte. Dec atmete aus. „Es erzählt von einem schrecklichen Unglück und dem Untergang der Stadt. Der Boden bebte und verschob sich, und nach einigen Tagen kam das Eis und viele starben."

Peri presste eine Hand auf ihren Mund. „Es müssen Tausende von Menschen hier gelebt haben."

„Aber nur wenige haben überlebt", ergänzte Dec. Er blickte wieder auf das Mahnmal. „Dieser Obelisk ist eine Erinnerung und eine Warnung."

„Eine Warnung?", fragte Lars.

„So wie ich es verstehe, besagt er, dass gierige Menschen eine große Macht benutzt haben, was zur Zerstörung der Stadt geführt hat."

Ronin fluchte. „Sie haben den Vajra benutzt, und er hat das alles verursacht? Er hat einen ganzen Kontinent verschoben?"

„Es heißt weiter, dass die Stadt das Grab der großen Macht ist und man sich nicht daran zu schaffen machen darf. Jeder, der sie betritt, wird nur den Tod finden."

Peri schnappte nach Luft, während Ronin die menschenleere Stadt abscannte.

„Wo sind die Leichen?", fragte er.

„Was?" Peri blickte zu ihm auf.

„Ein katastrophales Ereignis hat die Stadt schnell gefrieren lassen, und nur wenige Überlebende haben es herausgeschafft. Wo sind die Leichen? Man sollte doch erwarten, dass einige im Eis eingefroren wurden."

Dec runzelte nachdenklich die Stirn. „Keine Ahnung. Das ist wahrscheinlich kein gutes Zeichen."

Logan hockte in der Nähe und untersuchte den Boden. Er blickte zu ihnen auf. „Sieht aus, als hätte sich die Gruppe der Seidenstraße hier aufgeteilt."

Ronin studierte die Spuren im Eis und nickte. „Die Hälfte der Gruppe ging in diese Richtung" – er deutete auf eine andere Straße – „und die andere Hälfte in diese."

Er wies auf ein riesiges Gebäude, das größtenteils mit Eis bedeckt war.

„Warum sollten sie sich aufteilen?", fragte Lars.

„Vielleicht konnten sie den ganzen Text übersetzen", überlegte Dec. „Er könnte mehr Informationen enthalten, als ich deuten kann."

„Kann man irgendwie feststellen, in welche Richtung Peris Schwester verschwunden ist?", fragte Logan.

Peri suchte den Boden ab. „Ich sehe nichts, was sie als Hinweis fallen gelassen haben könnte." Sie stieß einen Atemzug aus.

Dec schwieg einen Moment lang. „Wir müssen uns aufteilen. Ronin und Peri, ihr geht in das Gebäude. Logan, Lars und ich werden in die andere Richtung gehen. Neunzig Minuten, dann kommen wir zurück und treffen uns hier. Verstanden?"

Sie nickten alle und schauten auf ihre Uhren.

Augenblicke später betraten Ronin und Peri das große Gebäude. Seine Taschenlampe beleuchtete den riesigen, leeren Raum.

„Könnte das ihre Version eines Lagerhauses gewesen

sein?", schlug Peri vor und glitt vorsichtig über den Boden. Hier war das Eis uneben und rau.

„Wahrscheinlich." Ronin bahnte sich einen Weg durch den Raum.

Er versuchte sich vorzustellen, wie dieser Ort in seiner Blütezeit ausgesehen haben musste, voller Menschen und Leben. Es war unbegreiflich.

Sie folgten der Spur der Seidenstraße und kamen an mehreren anderen Lagerhäusern vorbei, alles riesige, höhlenartige Räume. Die nächste hatte mehrere Räume an den Seiten, und Ronin spürte, wie die Temperatur ein paar Grad stieg. Hier gab es kein Eis, aber auch sonst nichts.

„Wie können diese Räume eisfrei sein?", fragte Peri.

Ronin ging in die Hocke und drückte eine Handfläche auf den Steinboden. „Das muss eine Art beheizter Speicher sein. Was auch immer ihn mit Energie versorgt, muss noch funktionieren."

„Erstaunlich", murmelte sie.

Die Spur der Seidenstraße führte in den hinteren Teil des Lagerhauses ... bis sie an einem riesigen Eisbrocken endete.

„Was ist hier passiert?", fragte Peri.

Ronin untersuchte ihn und sah auf. Er fluchte. „Ein riesiger Eisbrocken ist von der Decke gebrochen und blockiert den Eingang."

„Scheiße", erwiderte sie und schwenkte ihre Taschenlampe herum. „Sieh mal, da drüben ist noch eine Tür."

Sie gingen in diese Richtung. Einer von Ronins Stiefeln rutschte, aber es gelang ihm, sein Gleichgewicht zu halten. „Pass auf dich auf. Der Boden ist glitschig.“

Sie nickte und ging langsam weiter.

Dann hörte Ronin ein lautes Krachen.

Sie erstarrten beide. Er blickte nach unten und sah ein Spinnennetz aus Rissen im Eis unter ihm. Er runzelte die Stirn.

Dann gab der Boden nach, und er fiel.

Eine Sekunde später platschte er in klirrend kaltes Wasser. *Mist.*

„Halte durch, Ronin!“, rief Peri von oben.

Ronin keuchte, und sein Atem kam in schnellen Zügen. Das Wasser war eiskalt. Er wusste, dass Hyperventilation die natürliche Reaktion des Körpers auf den Schock der intensiven Kälte war, deshalb konzentrierte er sich stattdessen darauf, seine Atmung zu kontrollieren.

Er legte den Kopf schief und sah nach oben. Er war in ein zylindrisches Loch gefallen. Es musste einmal eine Art Wassertank oder -speicher gewesen sein. Seine Zähne klapperten und sein Herz pochte heftig in seiner Brust. Es war verdammt kalt. Er drückte eine Hand an die Eiswand. Sie war glatt, ohne Griffe, Risse oder irgendetwas, woran man sich festhalten konnte.

Er blickte wieder nach oben und beobachtete, wie Peri über den Rand des Lochs kletterte. Sie ließ sich an einem Seil über den Rand hinunter. Mit kräftigen, erfahrenen Bewegungen kletterte sie an der Wand aus Eis in seine Richtung hinab.

Er blinzelte und lächelte vor sich hin. Er musste zugeben, dass er sie wirklich mochte, und zwar alles an ihr. Sie war stark, klug und hartnäckig. Sie liebte ihre

Schwester und konnte fluchen wie ein Soldat. Es war so lange her, seit er eine Frau wirklich gemocht hatte.

Als sie ihn erreichte und kurz über dem Wasser innehielt, zeigte ihr Gesicht eine grimmige Miene. „Immer mit der Ruhe. Entgegen der landläufigen Meinung dauert es viel länger, bis eine Unterkühlung einsetzt, als die Leute denken."

„Ich ... weiß." Seine Muskeln fühlten sich träge an, und seine Energie schwand rapide dahin. „Ich bin in ... viele eiskalte Seen getaucht ... als SEAL."

Sie griff nach unten und streckte einen Arm aus. „Wir müssen dich da rausholen. Unsere Muskeln und Nerven funktionieren in der extremen Kälte nicht so wahnsinnig gut."

Das bedeutete, dass er die Kontrolle über seine Muskeln verlieren würde und nicht in der Lage wäre, seinen Kopf über Wasser zu halten. Er versuchte, nach ihrer Hand zu greifen, aber er zielte nicht richtig und verfehlte sie. Seine Muskeln fingen an zu schmerzen. Und zwar ziemlich stark.

„Komm schon, G-Man. Wir schaffen das."

Er versuchte es noch einmal, und dieses Mal gelang es ihm. Sie zog ihn näher heran, und er spürte, wie sie sich hinunterbeugte und ein Seil um ihn wickelte. Sie band es mit einigen beeindruckenden Knoten fest. Zur Hölle, ihm war so kalt. Er wollte einfach nur seine Augen schließen und den Schmerz vergessen.

„Nein, Ronin!", schnauzte sie. „Sieh mich an. Bleib bei mir."

Er starrte stur in ihre blauen Augen. „Ich könnte dich den ganzen Tag ansehen."

Sie lächelte. „Ich dich auch, G-Man.“

Sie kletterten nach oben. Ronin tat, was er konnte, um zu helfen, aber es war ein höllisch harter Aufstieg. Er hörte jedes von Peris Stöhnen und ihre schweren Atemzüge. Ein paar Mal rutschten sie aus und schlugen gegen die Eiswand.

Er sah die Anspannung in Peris Gesicht. Sie riskierte ihr Leben, um ihn da rauszuholen. Er runzelte die Stirn. Das war inakzeptabel.

„Lass mich los“, murmelte er müde.

„Nein, auf keinen Fall!“ Wut loderte in ihren Augen auf.

„Niemand hat mich je gewollt.“ Er versuchte, die Worte zu unterdrücken, aber sie purzelten undeutlich und gebrochen heraus. „Nicht einmal meine Mom. Sie hat mich bei der Geburt weggeworfen.“

„*Ich* will dich. Und ich werde dich verdammt noch mal hier rausbringen.“

Sie kletterten weiter und glitten langsam aufwärts. Gerade als er das Gefühl hatte, dass sein Körper keine Kraft mehr hatte, kletterte Peri über die Kante. Sie zerrte an dem Seil und zog ihn darüber.

Er sackte auf dem eisigen Boden zusammen und konnte nichts mehr spüren.

KAPITEL ZWÖLF

Ronin rührte sich nicht und zitterte auch nicht. Das war *nicht* gut. Peri blieb das Herz in der Kehle stecken. Die Unterkühlung setzte schnell ein. Sie musste ihn unbedingt warmhalten.

Sie schlang einen Arm um ihn. „Komm schon, G-Man. Hoch mit dir."

Angestrengt wuchtete sie ihn hoch, und er taumelte auf die Beine. Sie biss die Zähne zusammen, als sie sein Gewicht stemmte. Gott, war er schwer. Ihre Muskeln fühlten sich ohnehin schon wie Wackelpudding an, nachdem sie aus dem Loch geklettert war.

„Beweg dich schön langsam", ermahnte sie ihn. „Dein Herz schlägt derzeit mit Höchstleistung." Sie schlurften durch das alte Lagerhaus.

Sie führte ihn in einen der eisfreien Räume und ließ ihn vorsichtig auf den Boden sinken. Er musste waagerecht liegen, damit das Blut durch seine kalten, verengten Arterien fließen konnte. Sie streifte ihm den Rucksack ab und dankte dem Gott, der ihr zuhörte, dass er aus einem wasserdichten Hightech-Stoff bestand. Sie öffnete ihn und prüfte, ob alles darin noch trocken war. Nun schnürte sie auch ihren eigenen Rucksack auf und nahm heraus, was sie brauchte. Schnell baute sie ihr Zwei-Mann-Zelt auf und legte die Schlafsäcke hinein, die sie miteinander verband. Dann begann sie, an seinen nassen Kleidern zu zerren.

„Zeit, die auszuziehen." Peri zog ihm die Klamotten aus und half ihm dann auf das Nest aus Schlafsäcken. Seine Augen waren geschlossen, aber er zitterte immer noch nicht. Sie schnappte sich ein paar kleine Wärmepackungen und knackte sie, um die chemische Reaktion zu starten, die sie erhitzte. Anschließend klebte sie sie unter seine Achseln.

Als Nächstes wrang sie seine Innenbekleidung aus und hängte sie in das Zelt. Sie legte auch seine Stiefel hinein, obwohl sie viel länger zum Trocknen brauchen würden. Ihre Körper würden die Wärmequelle sein, die alles trocknete.

Aber zuerst musste sie ihn warm bekommen.

Eilig stand sie auf und öffnete ihre Jacke. Sie warf sie beiseite und entledigte sich ihrer Kleidung, einschließlich ihrer seidigen, dünnen Thermounterwäsche. Sie warf sie auf einen Haufen im Zelt. Die Kälte ließ sie frösteln, weil sie nur noch ihr Höschen trug.

Sie kletterte in das Zelt und schloss den Reißverschluss hinter sich. Dann wickelte sie sich um Ronin und zog die Schlafsäcke über sie, um sie darin einzuhüllen.

Nach der ganzen Anstrengung und dank der Schlafsäcke fühlte sie sich heiß an, aber Ronins Haut war eiskalt. Sie biss die Zähne zusammen, presste sich an ihn und drückte ihr Gesicht an seinen Hals.

Ein leises Stöhnen drang von seinen Lippen.

„Ich weiß, Schatz", murmelte sie. „Komm schon, wach auf und rede mit mir." *Alles wird gut. Bitte.* Sie begann, ihn zu streicheln. Seine Arme, sein Gesicht, seinen starken Kiefer. Immer wieder murmelte sie ihm beruhigenden Unsinn zu.

Es kam ihr wie eine Ewigkeit vor, aber schließlich glaubte sie, dass sich seine Haut wärmer anfühlte. Dann begann er zu zittern.

Gewaltige Schauer durchliefen ihn, so stark, dass seine Zähne klapperten. Sie hielt ihn fest. „Ich bin da, G-Man."

Er stöhnte und bewegte sich unruhig.

„Ich bin hier. Öffne deine Augen, Ronin. Lass mich deine nachtschwarzen Augen sehen." Sie sprach weiter und drückte ihn fest an sich, während das heftige Zittern anhielt. Sie erzählte ihm alles über ihre Zwillingsschwester, von ihren Reisen, warum sie gern kletterte und wie man sich manchmal von so vielen Menschen umgeben und trotzdem allein fühlen konnte.

Es dauerte nicht lange, bevor sie schweißgebadet war. Sein Körper strahlte endlich wieder Wärme aus. Schließlich ließ das Frösteln nach. Sie drückte ihm einen Kuss auf die nackte Schulter und war wirklich froh, dass es ihm jetzt wieder gut ging. Als er ins Wasser gefallen war, hatte sie große Angst bekommen.

Seine Atmung beruhigte sich, und sie vermutete, dass er schlief. Er würde ein paar Kalorien brauchen, sobald er aufwachte. Aber im Moment war sie selbst erschöpft und ließ zu, dass sie ebenfalls wegdöste.

Sie war sich nicht sicher, wie viel Zeit vergangen war, aber sie wachte auf, als eine Hand seitlich an ihrem Körper hinunterglitt. Sie öffnete ihre Augen und brauchte eine Sekunde, um sich zu orientieren. Sie roch Ronin und fühlte sich wohlig warm.

Plötzlich drehte er sie auf den Rücken und stützte sich über ihr ab. Er drückte sie gegen den Boden und spreizte ihre Beine.

Sie keuchte auf, als sie seinen harten Schwanz an ihrer heißen, feuchten Pussy spürte. Mit einem Stöhnen krallte sie ihre Finger in sein Haar. Seine dunkelblauen Augen leuchteten vor Verlangen, und seine Gier und seine Leidenschaft weckten ein neues Gefühl in ihrem Inneren.

„Ronin, du warst unterkühlt. Du solltest dich ausruhen."

Er senkte seine Hand und liebkoste kurz ihre Brust, bevor er sie weiter nach unten gleiten ließ. Dann schob er ihr Höschen beiseite und drang mit einem Finger in sie ein.

O Gott. Eben hatten sie noch friedlich nebeneinander geschlafen, und jetzt waren sie in einem

Strudel der Erregung verloren. Sie presste ihre Hüften gegen seine Hand.

„Ich brauche dich." Seine Stimme klang tief und animalisch.

Peri wusste nicht, ob er wirklich wach war. Seine Berührungen wirkten so instinktiv, als ob sein Körper zeigen wollte, dass er dem Tod ein weiteres Mal von der Schippe gesprungen und immer noch sehr lebendig war.

Sein Daumen berührte ihren Kitzler, und Peri versuchte, ihren Schrei zu unterdrücken. Sie starrte zu dem muskulösen, intensiven Mann über ihr hinauf.

Er gehörte *ihr*. Der Gedanke hallte in ihr nach. Nichts und niemand hatte je zuvor nur ihr gehört. Sie glaubte daran, dass sie zusammen sein konnten. Mehr noch, sie war sich sicher, dass er ein Teil ihres Lebens bleiben würde. Sie griff in sein Haar und zog seinen Kopf nach unten. Ihr Kuss war hart und rau, und ihre Zungen verschlungen sich in einem leidenschaftlichen Tanz.

Sein Geschmack überflutete sie, und seine Zunge glitt eindringlich und fordernd in ihren Mund.

„Ich habe noch nie etwas so Gutes geschmeckt wie dich." Er knabberte an ihrem Kiefer, dann fand er eine empfindliche Stelle an ihrem Hals, die sie zusammenzucken ließ.

Mit einem Ruck aus dem Handgelenk riss er ihr das Höschen herunter.

Sie bäumte sich ihm entgegen und spürte, wie sich seine Eichel zwischen ihre Beine schob. Dann drang er mit einem harten Stoß in sie ein.

Peri stöhnte auf. Es ging schnell und hatte nichts Sanftes an sich. Die pure Lust setzte ihre Nerven in Brand. Sie fühlte sich stark gedehnt und ausgefüllt, und sie liebte es.

Er zog sich aus ihr heraus und stieß dann mit einem Schwung seiner Hüften wieder hinein. Dann drückte er sie nach unten und begann, sie gnadenlos zu ficken.

Das war kein sanftes Liebesspiel, sondern eine harte,

rasende Bejahung des Lebens. Sie schlang ihre Arme und Beine um ihn und grub ihre Nägel in seinen festen Hintern, um ihn anzutreiben.

Jede Bewegung seiner Hüften drückte auf ihren Kitzler und sie spürte, wie ihre Erlösung auf sie einstürmte. So etwas hatte sie noch nie erlebt – so ursprünglich, so roh. Sein großer Körper bedeckte sie, füllte sie aus, und sie genoss es. Sie fühlte sich von ihm beansprucht und markiert.

Bei jedem Stoß hörte sie, wie Ronin harsch die Luft ausstieß. Er fickte sie mit einer Dringlichkeit, die ihren Körper zum Rasen brachte.

Ihre Erlösung schoss durch ihren Körper. Ihre inneren Muskeln klammerten sich an Ronins Schwanz, und sie kam heftig, wobei sie ihre Zähne in seinen Arm grub, um ihren Schrei zu unterdrücken.

RONIN SPÜRTE PERIS GESAMTEN ORGASMUS. Ihr süßer Körper umklammerte seinen Schwanz, ihre gedämpften Schreie hallten in seinen Ohren wider, und er spürte das scharfe Knabbern ihrer Zähne auf seiner Haut. Es war verdammt sexy.

Er biss die Zähne zusammen und spannte seinen Kiefer an. Er wollte spüren, wie sie wieder kam. Er brauchte jedes Quäntchen Beherrschung, um nicht in sie zu drängen und sich in ihr zu ergießen.

Er wollte sichergehen, dass sie sich an diesen Moment erinnerte. Dass sie genau im Gedächtnis behielt, wie sie sich bei ihm fühlte, und wie sich ihr erstes Mal angefühlt hatte.

Sie hätten beide da draußen in der eisigen Kälte sterben können, und in diesem Moment herrschte in ihm das Bedürfnis vor, diese Frau zu beanspruchen.

Er zog sich aus ihr heraus, und sie gab ein protestierendes Geräusch von sich, bevor sie ihre Hände nach ihm ausstreckte.

„Hoch mit dir." Er drängte sie auf die Beine und drehte sie um. Das Zelt war nicht sehr groß, und sie war gezwungen, sich zu bücken. So hatte er den perfekten Blick auf ihren runden Arsch und den hübschen Anblick ihrer gerade gefickten Schamlippen. Mit einem Stöhnen ließ er seine Finger zwischen ihre Beine gleiten.

„Was machst du …", keuchte sie und drückte sich gegen ihn.

„Du bist so unfassbar hübsch, Peri." Er streichelte sie und genoss ihren wimmernden Schrei. „Unglaublich, dass mein Schwanz in dich hineinpasst. Hat er dich ausgedehnt? Hat es sich gut angefühlt?"

„Ja." Ein heiseres Knurren verließ ihre Lippen.

„Ich werde dich wieder ficken und dich noch einmal kommen lassen."

Sie zuckte gegen seine Hand. Ronin sank zurück auf seine Knie. Sein pochender Schwanz war immer noch hart wie Stahl. „Du willst das, nicht wahr?"

„Ja. Ja."

Er griff nach ihren Hüften. „Setz dich auf meinen Schoß."

Er half ihr, langsam nach unten zu sinken. Dann umklammerte er seinen Schwanz mit einer Hand, und sie stöhnten beide auf, als er ihre feuchte, triefende Pussy berührte. Jeder Muskel in seinem Körper spannte sich an. *Halte durch. Komm bloß nicht zu früh.*

„So ist es gut, Peri. Setz dich auf meinen Schwanz. Nimm ihn ganz in dich auf."

Sie stöhnte, und er kontrollierte ihre Bewegungen, während er langsam in ihre Hitze eindrang. Es fiel ihm unglaublich schwer, es dieses Mal langsam angehen zu lassen.

Schweiß brach auf seiner Haut aus, bis sie schließlich fest auf seinem Schoß saß und sein Schwanz tief in ihr steckte. Er kraulte ihren Hals und betrachtete die Röte, die ihr in die Wangen stieg.

„Ich lebe nur deinetwegen." Er stemmte seine Hüften hoch, und sie stöhnte auf. „Mein harter Schwanz kann dich zum Höhepunkt bringen, weil du mich gerettet hast."

„Bitte, Ronin ... fick mich." Sie wippte mit ihrem Hintern gegen ihn.

Er legte seine Hand auf ihre Hüfte und drückte fest zu. Dann ließ er seine andere Hand nach oben gleiten, um ihre Brust zu umfassen und ihre harte Brustwarze zu necken.

Sie schaukelte gegen ihn und stöhnte hilflos. „Nimm mich endlich, verdammt noch mal."

Er lächelte. Seine heiße Frau war nicht gerade die Geduldigste, wenn sie etwas wollte. „Okay." Er packte sie um die Taille und hob sie hoch, um sie dann wieder auf seinen Schwanz fallen zu lassen.

Ihr Kopf flog zurück und schlug gegen seine Schulter. Er ließ sie auf seinem Schwanz auf und ab gleiten.

„Ja." Sie bewegte sich ebenfalls und half ihm dabei, sie zu ficken. Er konnte spüren, wie ihr Körper erschauderte.

„Berühre dich selbst", flüsterte er. „Greife zwischen diese sexy Schenkel und streichle deinen geschwollenen Kitzler."

Sie ließ ihre Hand nach unten gleiten und stöhnte. Ronin wusste, dass sie kurz davor war, erneut zu kommen.

Und zur Hölle, er war ebenfalls nur wenige Sekunden vom Orgasmus seines Lebens entfernt. Sie schaukelte gegen ihn.

„Genau so, Peri", murmelte er. „Gib mir deinen Mund, Baby."

Sie drehte ihren Kopf, und er küsste sie. Als sie kam, bebte ihr Körper und krampfte sich um seinen Schwanz zusammen. Er schluckte ihren Schrei mit seinem Mund hinunter.

Dann stieß er noch einige Male in sie, bevor ein überwältigender Orgasmus über ihn hereinbrach. Er brüllte seine Erlösung heraus und schoss seinen Samen tief in sie hinein. Sein Höhepunkt war so stark, dass seine Sicht für einen Moment verschwamm.

Peri schmiegte sich an ihn. Ihr Körper war schlaff und unglaublich warm. Er ließ sie auf die Schlafsäcke sinken, und ihre schweißgetränkte Haut klebte sie zusammen.

O Gott. Ronin holte ein paar Mal tief Luft und fuhr mit der Hand durch ihr Haar. Er hatte schon mit vielen Frauen geschlafen. Aber das ... das war anders gewesen.

Er hielt sie fest und hörte, wie ihr schwerer Atem

langsamer und gleichmäßiger wurde. Das war der Teil, in dem er nicht gut war. Er war kein Kuschler oder jemand, der über seine Gefühle sprach. Wenn er Sex hatte, sorgte er dafür, dass die Frau sich amüsierte, aber danach verschwand er.

Peri drehte sich um, schlang ihre Arme um ihn und schmiegte sich an seine Brust. Ronin entspannte sich. Offenbar wusste Peri, was zu tun war.

Unter ihrem zerzausten Pony blickte sie zu ihm auf. „Hey."

„Hey", antwortete er.

„Geht es dir gut?" Sie streckte ihre Hand aus, umfasste seine Wange und kratzte sanft mit einem Nagel über seine Stoppeln.

„Ja. Das verdanke ich dir."

Sie lächelte. „Ich glaube, du hast es mir mit Zinsen zurückgezahlt."

„Ich fürchte, ich habe dich irgendwie ... überrumpelt."

„Nur für eine Sekunde." Sie streichelte erneut seine Wange. „Du kannst mir glauben, dass ich nur zu gern und willig mitgemacht habe."

Mist. „Peri, ich habe nicht einmal an Schutz gedacht ..."

„Ist schon okay. Ich nehme die Pille, und bei meiner letzten Untersuchung war alles in Ordnung."

Ronin stieß einen Atemzug aus. Er hatte noch nie ungeschützt mit einer Frau geschlafen. „Ich bin auch gesund."

„Gut."

Er drückte sie fester an sich, und ein Gefühl der

Richtigkeit durchströmte ihn. „Vielleicht kann ich dich nie wieder loslassen."

Sie beugte sich vor und drückte ihm einen leichten Kuss auf die Lippen. „Dann tu es nicht."

Ronin spürte, wie sich Teile von ihm, die nie das Licht gesehen hatten, danach sehnten, ihr näherzukommen. „Peri ..."

„Ich weiß. Du bist dunkel, böse und gefährlich." Sie strich ihm über die Wange. „Was ist dir passiert, Ronin? Warum glaubst du, dass du kein Glück verdienst?"

Gott, sie las ihn wie ein offenes Buch. „Es gab nicht die eine große, schreckliche Sache. Nur viele kleine. Es hat damit begonnen, dass ich ein verlassenes, drogensüchtiges Baby war, das wie Müll weggeworfen wurde ..."

„Dafür kannst du nichts", widersprach sie leidenschaftlich.

Er lächelte traurig. „Ich habe so viele Menschen sterben sehen, als ich ein SEAL war. Es gab so viele, die ich nicht retten konnte. Ich habe gesehen, wie gute Männer und Frauen Gliedmaßen verloren haben, oder ihr Augenlicht, oder in Kisten nach Hause kamen." Er holte zitternd Luft. „Ich dachte, die Arbeit für die CIA würde mir helfen, die fehlenden Teile meiner Seele zu finden."

„Aber stattdessen hat sie dir nur noch mehr weggenommen."

Er nickte. „Mein letzter Auftrag war es, einen Menschenhändlerring zu zerschlagen." Er schloss die Augen, nicht gewillt, das zu besudeln, was er gerade mit Peri geteilt hatte. „Ich habe Frauen gesehen, verdammt, junge Mädchen, die benutzt und missbraucht wurden."

Gott, was er alles erlebt hatte. Seine Hand krallte sich in ihrem Haar fest. Er atmete ihren frischen Duft ein. „Ich habe schreckliche Dinge gesehen und musste so tun, als würden sie mir gefallen, um an die Leute heranzukommen, die wir zu Fall bringen wollten."

Sie drückte ihn fester an sich. „Du hast deinen Teil dazu beigetragen. Du bist einer der guten Jungs, Ronin. Ein Held. Und jetzt verdienst du ein Leben."

Ronin wollte ihr glauben. Er räusperte sich. „Wie lange war ich weg?"

„Eine halbe Stunde." Sie warf einen Blick auf ihre Uhr. „Wir sind etwa zwei Stunden weg gewesen."

Gott, es kam ihm wie eine Ewigkeit vor. Dec musste bereits gemerkt haben, dass etwas schiefgelaufen war. „Sie werden nach uns suchen."

„Du musst etwas essen", sie setzte sich auf, „und etwas trinken, damit du wieder zu Kräften kommst."

„Ich dachte, ich hätte gerade bewiesen, dass ich meine Kräfte wiedergefunden habe."

Sie rollte mit den Augen und zog ihre Rucksäcke heran. Als sie einige Fertigmahlzeiten herauszog, beobachtete Ronin, wie ihre hübschen Brüste wippten.

Sie drehte sich wieder um und reichte ihm eine Packung mit Essen und eine Trinkflasche. Dann bemerkte sie, dass er sie ansah. Sie blickte nach unten und ihre Wangen wurden rosa, dann sah sie wieder zu ihm hoch, und Hitze flackerte in ihren Augen.

„Du musst etwas Energie sparen, Ronin. Du darfst nicht noch mehr investieren."

„Ich will dich wieder nehmen." Er stieß einen Atemzug aus. „Aber wir haben keine Zeit." Zur Hölle, sie hatten auch keine Zeit gehabt, als er sie das erste Mal gevögelt hatte, aber er war schon in ihr gewesen, bevor ihm ein bewusster Gedanke durch den Kopf gegangen war.

Sie beugte sich vor und küsste ihn. Er zog sie näher zu sich und genoss ihren Mund.

„Später", murmelte sie. „Nachdem wir das hier beendet haben."

„Später", versprach er. „Später möchte ich dich von hinten ficken und dann meine Hand in dein hübsches Haar krallen, während du meinen Schwanz lutschst."

Sie hob eine Augenbraue. „Und ich will deine kluge Zunge wieder zwischen meinen Beinen spüren, und dann will ich dich besteigen und hart reiten."

Sein Schwanz zuckte. „Das ist ein guter Deal, Peri."

PERI LÖFFELTE etwas von dem faden Essen in ihren Mund und kaute langsam. „Wir müssen Dec und die anderen finden."

Ronin wühlte in seiner Kleidung. Sie konnte sehen, dass die äußeren Schichten noch feucht waren, aber die inneren, die auf seiner Haut liegen würden, waren trocken. Glücklicherweise hatte er auch trockene Socken in seinem Rucksack.

Mit einem Stirnrunzeln zog er seine Thermounterwäsche an. „Sie hätten uns schon längst suchen müssen. Ich glaube nicht, dass wir so schwer zu finden sind."

Peri aß zu Ende. „Sie sind wahrscheinlich in der Nähe." Ihr Körper kribbelte immer noch, und sie warf ständig heimliche Blicke auf Ronin, während er sich anzog.

Gott, dieser Körper. Er zog seine Hose an, und sie unterdrückte einen Seufzer. Sie war von Ronin Cooper gründlich gefickt worden und fast schon besessen nach mehr. Sie zuckte zusammen und spürte ein Pochen zwischen ihren Beinen, eine sehr körperliche Erinnerung. Sie wollte es unbedingt wieder tun. Und wieder.

Sie begann, ihre eigenen Sachen anzuziehen. Das würde warten müssen. Erst mal musste sie ihre Schwester retten.

Bald darauf traten sie aus dem Zelt. Sie schloss ihren Mantel, und sie bauten schnell das Zelt ab und packten den Rest ihrer Ausrüstung ein.

Starke Arme zogen sie an sich. Sobald seine Lippen ihre berührten, durchströmte sie Wärme. Himmel, sie konnte nicht genug von diesem Mann bekommen.

„Nochmals danke für die Rettung", sagte er leise.

„Jederzeit, G-Man."

Seine Finger strichen über ihr Haar. „Und danke auch für den Rest."

„Auch das würde ich jederzeit wieder tun", flüsterte sie.

„Hey, da seid ihr ja."

Die Stimme ließ sie beide herumwirbeln. Lars trat durch die Eingangstür des Gebäudes.

Peri lächelte. „Wir sind so froh, dich zu sehen. Wir hatten einen Zwischenfall, aber es geht uns gut."

Neben ihr spannte Ronin sich ein wenig an. Sein Blick glitt suchend hinter Lars.

„Wo sind Dec und Logan?", fragte Ronin.

„Wir haben eure Spur verloren. Sie sind in eine Richtung gegangen, und ich bin in diese Richtung gekommen."

Peri nickte, aber als sie zu Ronin hinübersah, bemerkte sie etwas in seinen Augen, das sie nicht verstand. „Was ist los?"

Lars schüttelte den Kopf. „Du hast einen guten Instinkt, Coop." Der Wissenschaftler zog eine Pistole und richtete sie auf Ronin.

Peri schnappte nach Luft. „Was zum Teufel machst du denn da?"

„Ich fürchte, eure Expedition endet hier." Auf dem Gesicht des Mannes stand Bedauern, aber sein Arm zitterte nicht.

„Sie haben dir Geld angeboten", meinte Ronin. „Was ist es? Ein krankes Kind? Ein Verwandter, der Schulden hat?"

„Kranke Frau", antwortete Lars traurig. „Sie hat Krebs, und die Ärzte zu Hause können nichts mehr für sie tun. Aber es gibt eine experimentelle Behandlung in Deutschland." Er warf Peri einen bedauernden Blick zu. „Es tut mir so leid, Peri. Ich habe das Geld nicht, aber ich muss meine Frau unbedingt retten."

Peri schluckte schwer, und der Verrat durchbohrte sie. „Hast du deine Kollegen auch umgebracht?"

„Nein!" Das Entsetzen stand ihm ins Gesicht geschrieben. „Aber ich sollte alle Leute von der Station von der Seidenstraße und dem, was sie hier tun, fernhalten. Leider haben zwei von ihnen meine Warnungen ignoriert."

Gott, das konnte doch nicht wahr sein. Peri presste

ihre Hände auf ihre Oberschenkel. „Du hast mich angegriffen. Auf der Toilette."

Hitze breitete sich auf Lars' Wangen aus. „Das tut mir leid."

Ronin machte einen drohenden Schritt nach vorn. „Du hast sie gewürgt."

„Bleib zurück." Die Waffe des Mannes blieb unbeweglich.

„Dec und Logan?" Ronins Ton war so scharf wie eine Klinge.

Lars räusperte sich. „Es tut mir leid, ich ..."

Ronin sprang so schnell nach vorn, dass Peri vor Schreck zusammenzuckte. Er versetzte Lars einen harten Hieb gegen den Arm, woraufhin der Wissenschaftler aufschrie und seine Waffe auf dem eisigen Boden aufschlug. Ronin packte den Mann an der Jacke und riss ihn herum. Ein harter Schlag in Lars' Gesicht ließ den Kopf des Mannes zurückschnellen, und Blut spritzte aus seiner Nase.

„Du kannst Dec und Logan nicht getötet haben", zischte Ronin. „Sie hätten das aus einer Meile Entfernung kommen sehen."

„Stimmt." Lars presste eine behandschuhte Hand auf seine Nase. „Aber als ich sie das letzte Mal gesehen habe, befanden sie sich in einem instabilen Gebiet. Um sie herum stürzte Eis vom Dach herab."

Ronin holt mit seiner Hand aus, und rammte seine Faust gegen Lars' Schläfe, sodass er gegen die Wand prallte und ohnmächtig auf den Boden sackte. Ronin schnappte sich die Pistole. „Wir müssen weiter. Wir müssen Dec und Logan finden."

Mit einem Nicken zog Peri die Riemen ihres Rucksacks fester und schaltete ihre Taschenlampe ein. Sie folgte Ronin aus dem Lagerhaus.

Dann hörte sie, wie Ronin ein Geräusch von sich gab.

Bevor sie reagieren konnte, raste ein Stromstoß durch ihren Körper. Schmerz durchfuhr sie, und ihr Körper begann zu zucken. Sie brach auf dem Eis zusammen.

Das tut weh. Ziemlich. schlimm. Sie zwang sich, ihren Kopf ein wenig zu drehen, um zu sehen, was um sie herum geschah. Das Eis fühlte sich auf ihrer nackten Wange kalt an. Was war hier los?

Vor sich sah sie, wie Ronin schwer auf die Knie fiel, mit zusammengebissenen Zähnen, und auch sein Körper zuckte.

Sie blinzelte langsam und sah schließlich die kleinen Zacken in seinem Rücken und die dünnen Drähte, die daraus hervorragten. Ein Taser. *Verdammt.*

Schwere, schwarze Stiefel traten vor ihr Gesicht und knirschten auf dem Eis. Doch bevor sie sehen konnte, wer sie angegriffen hatte, wurde sie vor Schmerz ohnmächtig.

KAPITEL DREIZEHN

Ronin erwachte aus dem schwarzen Nebel der Bewusstlosigkeit, und sein ganzer Körper schmerzte. *Scheiße.* Er hielt die Augen geschlossen, während sein Verstand versuchte, die Dinge wieder zusammenzusetzen. Peri!

Er kämpfte gegen den Schmerz an und öffnete die Augen einen Spalt. Wo zum Teufel war Peri?

Ungewohnte Panik stieg in ihm auf, doch dann sah er ihren noch immer bewusstlosen Körper neben sich. Er führte seine Hand nahe an ihr Gesicht heran und spürte den warmen Hauch ihres Atems auf seiner Haut. Er atmete aus. Sie war am Leben.

Er bewegte sich ein wenig, um den Raum um sie herum abzusuchen. Sie befanden sich wieder im Hauptteil des alten Lagerhauses. Mehrere Männer und eine Frau – alle in schwarzer Funktionskleidung und bewaffnet – standen in der Nähe und unterhielten sich leise. Typische Seidenstraßen-Söldner.

„Du bist wach."

Die Stimme hinter Ronin hatte einen australischen Akzent. Er drehte den Kopf und entdeckte einen Mann, der in die Hocke ging und die Hände zwischen den Knien baumeln ließ. Er hatte ein ansprechendes, offenes Gesicht, und sein zotteliges blondes Haar lugte aus der schwarzen Wintermütze hervor, die er trug.

„Wir waren überrascht, euch in unserer Stadt zu finden", meinte der Mann.

Ronin setzte sich auf. „Wer bist du?" Seine Stimme klang ein wenig heiser. Er hasste es, getasert zu werden.

„Mein Name ist Jesse Colston. Das hier ist meine Expedition."

„Du bist also ein Dieb."

„Ja. Und du bist Ronin Cooper, ein Mitarbeiter von Treasure Hunter Scheiß-Nervensägen Security." Das Lächeln des Mannes war ruhig und gelassen. „Hast du den Vajra ausfindig gemacht?"

Ronins Puls beschleunigte sich. Die Seidenstraße hatte die Waffe noch nicht gefunden. „Die Waffe, nach der ihr sucht?"

Colston nickte nachdenklich. „Offenbar nicht. Du hättest es mir unter die Nase gerieben, wenn du sie hättest, da bin ich mir sicher."

Peri, die neben Ronin lag, regte sich. Sie richtete sich auf einen Ellbogen auf, und ihr Blick landete trübe auf Colston. Ihre Augen weiteten sich, und sie setzte sich kerzengerade auf. „Sie!"

„Ah, Miss Butler." Colston schüttelte den Kopf. „Es war dumm von dir, hierherzukommen."

Peri blickte sich um, und ihr besorgter Blick traf den von Ronin, bevor sie den Mann von der Seidenstraße wieder ansah. „Wo ist meine Schwester?"

„Sie hat sich als sehr nützlich erwiesen", antwortete Colston.

Peris Lippen spannten sich an. „Ist sie am Leben?"

Der Mann nickte. „Vorerst. Wer ist noch bei euch?"

Sie schwiegen beide. Dann bewegte sich Colston, schneller als Ronin erwartet hatte. Er packte Peris Jacke und riss sie mit einem Ruck auf die Beine.

Ronin sprang auf und machte einen Schritt auf den Mann zu. Er wollte dem Kerl eine Faust in sein Surferboy-Gesicht rammen.

Ronin hörte, wie sich die Wachen bewegten, und erstarrte. Aus den Augenwinkeln sah er, wie mehrere von ihnen mit Sturmgewehren auf ihn zielten.

„Wer noch?", rief Colston und schüttelte Peri.

„Fick dich." Ihre Stimme war mit Gehässigkeit getränkt.

Colston nickte. Eine Wache trat vor und schlug Ronin in den unteren Rücken. Scheiße, genau in die Nieren. Er wölbte seinen Rücken und schluckte ein Stöhnen hinunter. Er würde Colston die Genugtuung nicht gönnen. Peri biss sich auf die Lippe.

„Zwei weitere", meinte eine Männerstimme.

Ronin sah zu Lars hinüber, der an der Felswand saß. Er hatte die Knie angezogen und eine Hand tastete seine geschwollene, blutige Nase ab. „Declan Ward und Logan O'Connor."

Colstons Gesichtsausdruck wurde sehr ungehalten.

„Verdammt noch mal!" Er schob Peri von sich weg. „Der verfluchte Declan Ward ist hier. Der hat mir gerade noch gefehlt."

Ronin hielt Peri fest, und ihre Hände krallten sich in seine Jacke. Er blieb ruhig und studierte die Gruppe, nahm Größe, Stärke und Waffen in Augenschein. Er musste Peri beschützen und sie von hier wegbringen.

Er tastete die Umgebung ab, und sein Blick blieb an einer offenen Tür hängen, die aus dem Lagerhaus hinausführte. Wenn sie auf die Straße gelangten, konnten sie sich im Gewirr der Gebäude verlieren und hoffentlich die Kerle der Seidenstraße abhängen.

Er blickte zu Peri hinunter und sah, dass sie ihn beobachtete. Er neigte seinen Kopf leicht zur Tür. Sie blinzelte langsam.

Braves Mädchen. Jetzt fehlte ihnen nur noch eine Gelegenheit.

„Scheiße, genau das, was ich verdammt noch mal gebraucht habe!", stieß Colston hervor. „Declan Ward sitzt mir im Nacken. Ausnahmsweise dachte ich, wir hätten es geschafft, THS an der Nase herumzuführen, aber ..."

Bevor der Mann seine Tirade beenden konnte, bäumte sich Ronin auf und verpasste ihm einen Kopfstoß. Der Australier stieß einen Schrei aus, und Ronin wirbelte ihn herum und benutzte ihn als Schutzschild zwischen Peri und ihm und dem Rest der Gruppe.

„Los!", schrie er Peri an.

„Nicht schießen!", rief Colston.

Peri rannte los und sprintete auf die Tür zu. Ronin

verpasste Colston einen Schubs nach vorn, dann folgte er ihr.

Die Schüsse hallten von den Wänden wider, und die Kugeln prallten vom Eis in der Nähe ab. Ronin duckte sich und sprang aus dem Türrahmen.

Im Nu war er wieder auf den Beinen und packte Peri am Arm. „Lauf."

Schnell bogen sie um die Ecke, und ihre Stiefel knirschten auf dem glatten, felsigen Boden.

„Schnappt sie!", dröhnte eine männliche Stimme.

„In welche Richtung sind sie gelaufen?"

Ronin hielt Peri fest im Griff und sprintete die Straßen hinunter, wobei er mehrfach scharf abbog. Ein Gewehrsalvenhagel folgte hinter ihnen. Die Kugeln schlugen mit einem dumpfen Knall auf dem Eis neben ihnen ein.

„Die Gasse runter!", rief er Peri zu.

Sie änderte ihren Kurs, aber als weitere Schüsse ertönten, stolperte sie und prallte gegen ihn.

Er fing sie auf und trug sie in die relative Sicherheit der Gasse.

Mist, war sie getroffen worden? „Bist du okay? Haben sie dich erwischt?"

Sie schlug sich mit der Hand auf den Arm und zerrte dann an ihrer Jacke. „Eine Kugel hat mich erwischt."

Sanft drehte er ihren Arm um. Er sah einen Riss in ihrer Jacke, aber kein Blut.

„Mir fehlt nichts, Ronin."

Gott sei Dank. Die Geräusche von Rufen und Schritten kamen näher. „Komm schon."

Sie rannten wieder los, sprinteten zwischen zwei

Gebäuden hindurch und hinaus auf einen großen Platz. Er war von eisbedeckten Gebäuden umgeben, und die Mitte bestand aus einer massiven Eisschicht.

Alle Gebäude und Eingänge in der Nähe waren mit Eis überzogen. Vielleicht gab es Straßen dazwischen, aber sie waren unpassierbar.

Es war eine verdammte Sackgasse. Sie saßen in der Falle.

Die Stimmen hinter ihnen wurden immer lauter.

„Dort drüben." Peri zeigte auf die andere Seite des Platzes.

Ronin sah in diese Richtung und entdeckte eine Stelle, an der ein Loch in eine Eiswand geschlagen worden war. Risse strahlten nach außen.

„Los!" Er zog sie über den Platz.

„Scheiße." Sie wäre fast ausgerutscht, als ihr Bein unter ihr wegglitt.

Das Eis war hier besonders glatt, was sie zwang, ihr halsbrecherisches Tempo zu drosseln.

„Haltet sie auf!", rief jemand hinter ihnen.

Ronin hörte wieder Schüsse. *Verdammt noch mal.*

Dann hörte er etwas viel Schlimmeres.

Knack.

Der Boden unter ihren Füßen gab nach. Peri schrie auf und warf ihre Arme aus, um das Gleichgewicht zu halten. Um sie herum wurde der Boden zu einem Netz aus Rissen, und einen Sekundenbruchteil später brach das Eis auseinander.

Ronin verlagerte sein Gewicht, um das Gleichgewicht zu halten.

„Gott, das muss ein kleiner See oder Teich gewesen sein, der zugefroren ist", meinte sie.

Hinter ihnen ertönten erschrockene Rufe, und Ronin blickte sich um. Mehrere Söldner der Seidenstraße waren ihnen auf das Eis gefolgt.

Knackende Geräusche hallten durch die Luft, als das Eis zwischen ihnen und der Seidenstraße weiter aufbrach. Es verschob sich erneut, und er zog Peri an sich. Sie standen jetzt auf einem großen Stück, das langsam über das eisige Wasser trieb.

Er erinnerte sich an den Schock, als er vorhin ins Wasser gestürzt war. Er hatte *wirklich* keine Lust, das noch mal zu erleben, und er würde auf keinen Fall zulassen, dass Peri dieses Erfahrung machen musste.

Hinter ihnen hörte er einen der Männer der Seidenstraße schreien, gefolgt von einem Platschen.

Ronins Kiefer krampfte sich zusammen. „Wir müssen weiter."

PERI STARRTE über den eisigen Pool. „Es ist nicht mehr weit bis zum Ufer."

Ronin sah grimmig drein, als er das Eis vor ihnen studierte. Es gab mehrere Trittflächen aus ausreichend großen Eisschollen, die einen behelfsmäßigen Weg bildeten.

Peng. Peng. Peng. Peri zuckte zusammen und duckte sich. Sie spürte, wie ein Geschoss nicht weit von ihrem Kopf entfernt vorbeizischte. Sowohl sie als auch Ronin ließen sich auf das Eis fallen.

„Lass uns zur nächsten springen", schlug sie vor.

Er nickte. Peri holte tief Luft und stand auf. Sie blendete die Geräusche der Seidenstraße hinter sich aus, machte zwei Schritte und sprang über das Wasser. Sie landete auf der nächsten Eisfläche und versuchte, mit den Armen das Gleichgewicht zu halten. Ihre Füße rutschten ab, und sie ließ sich auf den Bauch fallen, um ihre Rutschpartie zu stoppen.

Ronin landete in der Hocke direkt neben ihr und brachte die Eisplatte ins Wanken.

Als sie zum Stillstand gekommen war, half er ihr auf. „Noch mal."

Sie sprangen die zum Glück kurze Strecke bis zur nächsten Scholle. Dann auf die nächste.

Die vierte Eisplatte bewegte sich unter ihrem Gewicht und glitt über das kalte Wasser. Sie hielten sich aneinander fest und sanken auf die Knie. Peri setzte ihre bescheidenen Surf-Kenntnisse ein und versuchte, ihr Gleichgewicht zu halten.

Sie riskierte einen Blick zurück. Die Söldner der Seidenstraße folgten ihnen und sprangen von Eisplatte zu Eisplatte.

„Peri! Ronin!"

Sie erkannte Lars, der unsicher auf einem Stück Eis balancierte.

„Bleibt stehen, bevor sie euch umbringen!", rief der Mann.

„Er glaubt immer noch, dass sie ihn gehen lassen werden", murmelte sie Ronin zu.

„Ja, aber das werden sie nicht."

In der nächsten Sekunde rutschte Lars aus, und mit

einem schrillen Schrei landete er mit einem Platscher im Wasser. Eine Sekunde lang tat er Peri leid. Er war früher ein anständiger Mann gewesen, den das Schicksal verdorben hatte.

„Gehen wir. Da rüber." Ronin nickte zu der nächsten Eisscholle.

Sie verdrängte die Gedanken an Lars aus ihrem Kopf und betrachtete die nächstgelegene Eisfläche. Sie war viel kleiner als die vorherigen. Sie schluckte, aber es gab keine größeren, die sie erreichen konnten.

Er drückte ihren Arm. „Du kannst es schaffen. Ich habe noch nie eine entschlossenere Frau getroffen als dich."

Peri wurde heiß. Sie nickte und konzentrierte sich auf ihr Ziel.

Dann sprang sie, aber als sie landete, schwankte das Eis wild. Die Platte kippte nach oben, und sie taumelte. Das Herz schlug ihr bis zum Hals. Sie würde herunterfallen.

Ronin landete hart neben ihr und ließ die Eisplatte in die andere Richtung kippen. Er schlang seine Arme um sie, und sie klammerte sich an ihn.

Sie hielten einander fest. *Verdammt.* Sie stieß einen Atemzug aus.

„Wir haben es fast geschafft", meinte er.

Es fielen noch mehr Schüsse, aber sie blendete sie aus. Nur noch eine weitere Eisscholle, dann würden sie den Rand des Teiches erreichen.

„Noch eine", murmelte sie und machte sich selbst Mut.

Hinter ihnen ertönten weitere Rufe und ein Plätschern. Angespornt sprang Peri zur nächsten Platte hinüber. Sie duckte sich und wartete auf Ronin.

Er landete in der Hocke. Sie starrten beide zum Ufer hinüber. Diese Lücke war größer als alle anderen Sprünge. Peri ging so weit zurück, wie sie konnte, rannte los und warf sich in die Luft. Sie schleuderte die Arme über den Kopf und ließ sie nach unten fallen, um sich so viel Schwung wie möglich zu verschaffen.

Ihr Stiefel stieß gegen die Kante, und sie kippte nach vorn und prallte auf festen Boden. Sie blieb einen Moment lang liegen und überlegte ernsthaft, ob sie die Erde küssen sollte, aber sie hatte Angst, dass ihre Lippen kleben bleiben würden.

Ronin landete mit einer anmutigen Rolle neben ihr. Er schoss wieder auf die Beine, packte ihre Hand und zerrte sie hoch.

„Weiter." Er blieb vor dem Loch in der Eiswand stehen.

Es sah aus, als hätte ein Riese durch sie hindurchgeschlagen. Und zwar vor kurzer Zeit.

„Wer zum Teufel hat das getan?", wunderte er sich.

Sie warf einen Blick zurück. Die Söldner der Seidenstraße hatten den größten Teil des Weges über den Teich hinter sich. „Wir haben keine Zeit zum Analysieren." Sie duckte sich durch das Loch.

Vor ihr begann eine Straße. Hier standen mehrere Gebäude ohne Dach, und sie runzelte die Stirn. Sie konnte lange Bänke unter den Gebäuden sehen, die in Eis eingefroren waren. Vielleicht Werkstätten.

„Wir müssen so viel Abstand zwischen uns und die

Seidenstraße bringen, wie wir können." Ronin nahm ihre Hand.

Als sie die Straße hinuntereilten, sah sie mehrere runde Gebäude, die die Straße säumten und von niedrigen Steinmauern umgeben waren. An einer davon hielt sie inne und blickte hinunter.

„Oh." Sie zuckte zurück. „Pass auf. Da sind Löcher." Das erinnerte sie viel zu stark an das Loch, in das Ronin vorhin gefallen war. „Und sie sind echt tief."

Ronin nahm ihre Hand. „Brunnen, vielleicht. Oder für Abfälle."

„Wahrscheinlich ist es klug, sie zu meiden."

Sie begannen zu joggen und hielten sich von den Brunnen fern. Peri bemerkte, wie gut sie sich zusammen bewegten. Er verkürzte seinen Schritt und passte ihn dem ihren an. Ihre Körper berührten sich gelegentlich, kamen sich aber nie in die Quere.

Sie bogen um eine Ecke. Mit einem scharfen Keuchen kam Peri zum Stillstand.

Ronin murmelte einen Fluch.

Vor ihnen standen mehrere Personen in einer Reihe, alle in schwarzer Kältekleidung. Sie hatten ihre Waffen auf Peri und Ronin gerichtet.

Eine hochgewachsene Frau drängte sich vor und sah sie stirnrunzelnd an. Sie hatte blasse Haut und dunkles Haar, das so eng zusammengebunden war, dass es ihre kräftigen Gesichtszüge betonte. Sie bewegte sich mit einer herrischen Ausstrahlung, als sei sie es gewohnt, Befehle zu erteilen. „Wer zum Teufel seid ihr denn?"

Ihr Akzent war sehr scharf und sehr britisch. Peri musterte sie. Sie kam ihr bekannt vor.

Dann entdeckte Peri eine weitere Frau, etwas versteckt hinter der Gruppe. Eine Frau mit kupferfarbenem Haar und einem zerschrammten Gesicht. „Amber!"

Peri sah, wie der Kopf ihrer Schwester hochschnellte und sich ihre blauen Augen – ein paar Nuancen heller als die von Peri – weiteten. Ambers Gesicht verzog sich vor Schreck. „Peri? Was machst du denn hier?"

Plötzlich ertönten hinter ihnen weitere Rufe. Peri blickte zurück und sah Jesse Colston, der seine Gruppe zu ihnen führte. *Verdammt!*

Colston stapfte mit einem selbstgefälligen Gesichtsausdruck vorwärts. „Vicky, ich sehe, du hast unsere Gäste kennengelernt. Treasure Hunter Security."

Eine Grimasse huschte über das Gesicht der Frau. „Sprich mich nicht mit diesem lächerlichen Namen an. Ich hasse ihn fast so sehr, wie ich ungebetene Gäste hasse."

Peri erkannte die Frau jetzt. „Sie sind ein entferntes Mitglied des britischen Königshauses."

Die Frau schnaubte. „Lady Victoria Eugenie Alexandra Armstrong-Jones. Und ich würde nicht sagen, dass ich ein *entferntes* Mitglied bin. Ich bin immerhin die Zwölfte in der Thronfolge."

„Und du bist eine der Anführerinnen der Seidenstraße", ergänzte Ronin.

Peri blinzelte. Diese Frau, die wahrscheinlich genauso alt war wie Peri, *leitete* einen Teil der Seidenstraße.

Lady Victoria hob ihren Arm und richtete ihre

Pistole direkt auf Ronins Brust. „Darüber musst du dir doch nicht deinen hübschen Kopf zerbrechen."

Auf dem Gesicht der Frau war keine Regung mehr zu sehen, und Peri lief die Angst über den Rücken. Was auch immer diese Frau sonst noch war, sie war eindeutig gefährlich.

KAPITEL VIERZEHN

Ronin blieb teilnahmslos, als seine Arme grob hinter ihn gezogen wurden.

Ihm gingen die Möglichkeiten und Ideen aus. Herrgott, in diesem Stadium würde er sogar eine schlechte Option in Kauf nehmen. Er schaute zu Peri und sah, wie sie die Leute von der Seidenstraße anstarrte. Dann warf sie einen besorgten Blick auf ihre Schwester.

Amber Butler war eine etwas größere, markantere Version ihrer Schwester. Sie trug ihr kupferfarbenes Haar länger als Peri und hatte hellere Augen. Im Moment sah sie müde und niedergeschlagen aus.

„Es sind auch noch zwei weitere Männer von THS hier", erklärte Colston. „Einer von ihnen ist Declan Ward."

Lady Victoria schüttelte den Kopf. „Verdammt noch mal! Wir müssen die Waffe finden und sichern." Sie durchbohrte ihr Team mit einem strengen Blick. „Ich habe den besten Linguistik-Experten der Welt besorgt.

Warum zum Teufel können wir den verfluchten Vajra nicht finden?"

Ein kleiner, schmächtiger Mann räusperte sich. Er trug eine runde Brille, die er sich auf die Nase schob, und wurde von seinem wuchtigen Mantel völlig erdrückt. „Ich habe die Glyphen des Obelisken übersetzt." Er hatte einen indischen Akzent. „Es ist nicht meine Schuld, dass ihr den Standort nicht ausmachen könnt."

„Was ist das für eine Waffe?", fragte Ronin. Sie könnten bald sterben, und er wollte auf jeden Fall wissen, wofür er starb.

Die Anführerin der Söldner drehte sich um und musterte ihn mit einem schmalen Blick. Ihre Augen hatten eine helle Haselnussfarbe. „Der Vajra ist die unzerstörbare Waffe eines Gottes, mit der Kraft eines Donnerblitzes." Sie lächelte. „Eigentlich glauben unsere Wissenschaftler, dass es eine mächtige, tragbare, wieder-verwendbare Atomwaffe ist."

Scheiße. Ronin starrte die Frau an. Was zum Teufel wollte die Seidenstraße erreichen? Sollte die Waffe eingesetzt werden? Wollten sie sie an den Höchstbie-tenden verkaufen? Sein Magen krampfte sich bei den höllischen Möglichkeiten zusammen.

„Damit wirst du nicht durchkommen", meinte Peri.

„Sagt die Frau mit der Waffe am Kopf." Lady Victoria hob eine gezupfte Braue. „Die Seidenstraße wird weiterhin Artefakte finden und ihre Machtbasis und ihren Reichtum festigen. Und jetzt will ich, dass diese Waffe gefunden wird!" Sie sah den Linguisten an. „Sag mir noch einmal, was der Stein gesagt hat."

Der Mann hob ein Tablet hoch und wiederholte seine Übersetzung. „*Hier* liegt eine schreckliche Macht, die Stadt ist ihr Grab, und diese Botschaft ihr Wächter", sprach der Mann. „Eine schreckliche Macht, die die Welt in einem einzigen Lichtblitz erschüttert hat. Betretet diese Stadt *nicht*, denn ihr werdet nichts als den Tod finden."

Ronin erkannte, dass es sich um eine ausführlichere Version der Worte auf dem Stein im Zentrum der Stadt handelte.

„Es muss noch mehr Hinweise auf die Ruhestätte des Vajra geben", bemerkte Lady Victoria.

Der Linguist richtete sich auf. „Meine Übersetzung ist richtig."

Ronin sah, wie sich Peris Lippen bewegten, dann weiteten sich ihre Augen, und sie versuchte, ein Keuchen zu unterdrücken.

Lady Victoria und Colston drehten sich um. „Hast du eine Idee?", fragte die Frau.

„Ich ... wir konnten die Übersetzung nicht vollständig lesen", antwortete Peri.

Lady Victoria schritt auf Peri zu und packte ihren Arm. „Aber du hast etwas verstanden, was wir nicht verstanden haben?"

„Nein." Peri schüttelte den Kopf.

Die Frau drehte sich um und ließ ihren Blick auf Ronin ruhen. „Bringt ihn hierher."

Zwei Männer zerrten Ronin zu einem der Löcher im Boden. Sie schoben ihn auf die kleine Steinmauer und hielten ihn am Rande fest. Er blickte hinunter in den engen Brunnen und in die klaffende Dunkelheit darunter.

„Nein!" Peri wehrte sich gegen ihre Wachen.

„Sag es mir", befahl Lady Victoria. „Oder Mr. Cooper wird sehr lange fallen."

„Okay." Peri riss sich los und richtete sich auf. „Es ist wahrscheinlich nichts."

„Sag ihnen nichts, Peri!", rief er.

Sie warf ihm einen scharfen Blick zu. *„Hier liegt eine schreckliche Macht, und diese Botschaft ist ihr Wächter."*

Lady Victoria runzelte die Stirn. „Und?"

„Und *Betretet diese Stadt nicht, denn ihr werdet nichts als den Tod finden.* Das klingt, als befände sich der Vajra in oder unter dem Stein mit der Botschaft. Der Stein bewacht ihn, und wenn man ihn überschreitet, wird man nichts finden."

Die Augenbrauen der Frau von der Seidenstraße schossen in die Höhe. „Das ist so unfassbar einfach."

Colston grinste. „Das ist die Lösung!"

„Bitte lasst Ronin in Ruhe", flehte Peri.

Lady Victoria rümpfte die Nase. „Nein, lieber nicht."

Verdammt. Ronin wusste, dass er das hätte kommen sehen müssen.

„Er ist gefährlich", fügte Lady Victoria hinzu.

„Und was sollen wir mit ihnen machen?", fragte eine Wache.

Die Frau winkte mit einer Hand. „Tötet sie."

Nein. „Wartet!" Ronin sträubte sich gegen seine Bewacher. „Peri hat dir gerade geholfen." Er würde alles tun, um sie am Leben zu erhalten. Die strahlende, schöne Peri, die ein Licht in die Dunkelheit in seinem Inneren gezaubert hatte. Er würde nicht zulassen, dass dieses Licht erlosch. „Und sie ist eine erfahrene Polarführerin wie ihre Schwester. Sie kann euch helfen, von hier wegzukommen."

Peris Brauen zogen sich zusammen. „Ronin ..."

„Der Mann hat nicht ganz unrecht", konstatierte Lady Victoria. „Wir nehmen die Frau mit, aber schafft ihn aus dem Weg."

„Nein!" Peri stürzte auf Ronin zu, aber zwei Wachen packten sie und zerrten sie zurück. Sie verpasste einem einen Tritt, und der Mann grunzte.

Ronin hielt seinen Blick auf sie gerichtet. „Peri." Es gab so viel, was er ihr sagen wollte ... und jetzt würde er nie die Gelegenheit dazu bekommen. Scheiße, er hätte sich zusammennehmen und zugeben sollen, dass er sich in sie verliebt hatte.

Verzweifelt drängte sie gegen die Männer, die sie festhielten. „Ronin! Nicht ..."

Einer von Ronins Wächtern stieß ihn gegen die Brust und in den Brunnen.

Als Ronin fiel und die glatten Eiswände an ihm vorbeirauschten, hörte er Peris schrillen Schrei.

PERI KÄMPFTE GEGEN IHRE WACHEN AN. *Ronin.* Nein. Nein. Nein!

Vor lauter Verzweiflung gelang es ihr, eine ihrer Wachen zu Boden zu schlagen. Sie hatten ihr den Mann weggenommen. Einen guten, zuverlässigen Mann. Den Mann, in den sie sich verliebt hatte.

Er war *weg*. Er war einfach weg. Ihr Magen zog sich

zu einem harten Knoten zusammen, und ein schreckliches Gefühl machte sich in ihr breit.

Schlanke Arme legten sich um Peri, und sie konnte ihre Schwester riechen.

„Pst, Peri. Ich bin ja da."

„Sie haben ihn getötet." Ein taubes Gefühl erfasste ihre Nerven. Sie hatten den Mann getötet, der ihr alles hätte bedeuten können. Einen Mann, der seit Beginn dieser schrecklichen Situation an ihrer Seite gestanden hatte. Einen Mann, der einen Teil von ihr ausgefüllt hatte, von dem sie nicht einmal gewusst hatte, dass er leer gewesen war.

Schluchzend drehte sich Peri zu ihrer Schwester und schlang ihre Arme um Amber. Hinter ihnen hörte sie, wie die Söldner der Seidenstraße den Weg zurück zum zentralen Platz und zum Obelisken planten. Aber Peri konzentrierte sich nur darauf, durch ihren Schmerz zu atmen. Ihr war heiß und kalt, und ihre Brust war unendlich eng. Obwohl sich ihr Brustkorb hob, kamen keine Tränen. Es fühlte sich an, als wären sie in ihr eingeschlossen.

„Hey." Amber strich Peri das Haar zurück. „Hey, Schwesterherz, konzentriere dich auf mich. Schließe es weg. So wie wir es gemacht haben, als wir noch Kinder waren und unsere Freunde verlassen mussten, weil wir an einen neuen Ort gezogen sind."

Peri sah ihre Schwester an. Ambers Gesicht war geprellt, und sie hatte eine hässliche Wunde am linken Wangenknochen. Peri atmete zittrig ein. Gegenwärtig musste sie sich auf Amber konzentrieren und darauf, wie sie hier lebend herauskommen konnten. Sie warf einen Blick auf den Brunnen, und der Schmerz schoss durch sie hindurch. Sie wollte schreien, sich auf Victoria Armstrong-Jones stürzen und der Frau die Augen auskratzen.

Aber Peri hielt sich zurück, so wie sie es in der Vergangenheit getan hatte. Sie schloss ihre Gefühle für Ronin tief in sich ein. Dann richtete sie ihre Aufmerksamkeit wieder ganz auf ihre Schwester.

Sie streichelte Ambers Wange. „Geht es dir gut?"

Amber nickte und biss sich auf die Lippe. „Es sind nur ein paar Kratzer und blaue Flecken. Du hattest recht, Schwesterherz. Ich hätte nie hierherkommen sollen."

Peri nahm Ambers Hand und drückte sie. „Wir müssen uns darauf konzentrieren, hier rauszukommen." *Lebendig.*

„Lasst uns aufbrechen!", rief Lady Victoria und unterbrach damit ihren ruhigen Moment.

Peri und Amber wurden nach vorn geschubst. Als sie die eisige Straße hinuntergingen, warf Peri einen letzten Blick auf den Brunnen. Schmerz und Trauer durchströmten sie. Sie konnte es fast nicht ertragen.

Dann blickte sie nach vorn und versuchte, einfach an nichts zu denken.

„Das mit deinem Freund tut mir leid", meinte ihre Schwester leise.

„Ich ... war dabei, mich in ihn zu verlieben."

„O Gott, Peri." Ihre Schwester umarmte sie erneut.

„Weitergehen!", bellte eine Wache von hinten.

„Alles klar. Spurtet euch und haltet Anschluss!", rief Colston. „Und wenn ihr hier noch jemanden seht, der nicht zu uns gehört, erschießt ihn."

Sie liefen durch die Straßen, an Gebäuden und Plätzen vorbei. Peri konzentrierte sich nur darauf, einen Fuß vor den anderen zu setzen, ohne darauf zu achten, wohin sie gingen.

Schließlich wurde die Straße breiter, und sie traten erneut auf den großen, zentralen Platz. Lady Victoria machte sich sofort auf den Weg zu dem riesigen Obelisken in der Mitte.

Die anderen folgten ihr und blieben schließlich vor dem alten Mahnmal stehen, während sich die Gruppe in alle Richtungen verteilte.

Die Frau von der Seidenstraße hob ihr Kinn an. „Rogers, bring den Sprengstoff. Spreng den Stein auf."

Peri schnappte nach Luft. Sie wollten ein Stück antiker Geschichte in die Luft jagen! Sie und Amber wurden aus dem Weg gedrängt, aber eine Wache behielt sie im Auge.

Die Söldner der Seidenstraße arbeiteten schnell, und einen Moment später kamen sie zurück.

„Bereit für die Sprengung!", rief jemand.

Peri umarmte Amber und drückte ihr Gesicht gegen das Haar ihrer Schwester. Es gab einen dumpfen Knall und der Boden bebte.

Als Peri ihren Kopf hob, lag der Obelisk nur noch in Trümmern auf dem eisigen Boden.

Lady Victoria und Colston eilten herbei und wühlten sich durch die Felsbrocken.

„O mein Gott!", hauchte die Frau.

Colston stieß einen aufgeregten Schrei aus, und mehrere Wachen lachten.

Peri schluckte und sah zu, wie Lady Victoria etwas

Metallisches aufhob. Es war etwa so lang wie der Unterarm der Frau.

Sie hielt es hoch und lächelte breit. „Der Vajra!"

Er sah genauso aus, wie Dec ihn beschrieben hatte – ein Metallstab mit Klauen am Ende. Er war kupferfarben.

Als Peri ihn anstarrte, überkam sie ein überwältigendes Chaos der Gefühle. Ronin hätte niemals zugelassen, dass dieses Artefakt in die Hände der Seidenstraße geriet.

Lady Victoria wickelte die uralte Waffe sorgfältig in ein Tuch und steckte sie in ihren Rucksack. Sie schnallte ihn auf ihren Rücken. „Also gut, ihr zwei", sie zeigte auf Peri und Amber, „bringt uns hier weg. Und zwar schnell."

In Peri regte sich etwas. Sie trat einen Schritt vor und nickte. Der Drang, sich auf die Frau zu stürzen und sie zu erwürgen, war stark, aber sie hielt ihn zurück. „Ich kann uns hier rausbringen. Ich kenne sogar eine Abkürzung." Sie zeigte auf einen Weg. „Da lang."

Lady Victoria legte den Kopf schief. „Gut. Dann lasst uns gehen."

Peri übernahm die Führung und zog Amber an sich. „Bleib dicht bei mir", flüsterte sie leise.

„Ich kenne diesen Blick, Peri ..." Die Stimme ihrer Schwester zitterte.

„Vertrau mir."

„Immer."

Peri führte die Seidenstraße in einem schnellen Tempo durch die Stadt. Sie starrte angestrengt auf die

Wahrzeichen und die alten Spuren von früher. Sie war sich sicher, dass sie in die richtige Richtung gingen.

Vor sich sah sie die Stelle, an der das Eis eingedrungen war und die Eishöhle gebildet hatte. Die blaugrünen Farben waren wunderschön.

„Das ist eine Abkürzung!", rief sie ihnen zu. „Der Boden ist uneben, deswegen müssen wir schnell gehen und dürfen uns nicht trennen."

Als sie in die Höhle eintrat, betete sie, dass niemand aufschaute. „Wenn ich sage *lauf*, dann lauf", raunte sie ihrer Schwester zu. „Und bleib dicht an der Seitenwand."

Ambers Augen weiteten sich, aber sie nickte.

Peri führte sie in die große Höhle. Sie blickte einmal zurück, um die Gruppe zu begutachten, und unterdrückte ein Grinsen der Zufriedenheit. Alle waren so sehr darauf konzentriert, sich auf dem rauen, eisigen Boden zurechtzufinden, dass sie nicht nach oben sahen.

Langsam schob Peri sich und Amber näher an die Seitenwand heran, einem wunderschönen Bogen aus Eis. *Einfach weitergehen, einfach weitergehen.*

Peri blickte wieder zurück. Die Söldner der Seidenstraße rutschten alle aus und fluchten, als sie die Höhle durchquerten. Sie waren auch ideal in der Mitte des Raumes gruppiert.

Perfekt. „Kommt schon." Sie erhob ihre Stimme. „Macht schneller!"

Ein Eiszapfen fiel. Er knallte auf den Boden und zerbrach neben einer Wache der Seidenstraße.

Als der Mann schrie, lösten sich weitere Eiszapfen

und fielen wie ein tödlicher Regen aus Stacheln auf sie herab.

„Lauf!", rief Peri Amber zu.

Je mehr panische Geräusche die Gruppe von sich gab, desto mehr gefährliche Eiszapfen flogen herab.

Peri konzentrierte sich darauf, so schnell wie möglich zu rennen und sich dicht an der Wand zu halten. Amber war direkt hinter ihr, und die Schreie der Seidenstraße hallten hinter ihnen wider.

Ein Eiszapfen krachte nur wenige Meter von Peri entfernt auf den Boden. Sie blieb ruckartig stehen und gestikulierte zu Amber. Sie drückten beide ihre Körper flach gegen die Wand.

„Wir sind gleich draußen." Peri konnte den Ausgang sehen, der nicht mehr weit entfernt war. „Weiter."

Gemeinsam schlängelten sie sich an der Wand entlang und blendeten die Geräusche und Schreie aus. Dann stolperten sie hinaus auf die Straße.

Amber atmete schnell. Sie blickte zurück in die Höhle. „Einige von ihnen haben es geschafft!"

Peri packte die Hand ihrer Schwester. „Lass uns gehen. Schnell."

Sie sprinteten die Straße hinunter. Vor ihnen teilte sich der Weg. Einer führte auf eine höhere Ebene der Stadt. Peri bog in diese Richtung ab, und sie rannten die Steigung hinauf.

Ohne Vorwarnung ertönte das Dröhnen von Schüssen. Kugeln prasselten direkt hinter ihnen auf den Boden. *Scheiße.* Peri machte einen Satz zur Seite und riss die Arme in die Luft. „Schneller, Amber."

Amber schrie auf.

Nein! Peri schleuderte herum. Sie sah ihre Schwester am Boden liegen, eine Hand auf ihre Wade gepresst.

„O mein Gott, Peri, ich wurde angeschossen." Amber atmete schwer und schnell.

Peri ließ sich neben ihrer Schwester nieder. Sie konnte den zerfetzten Riss im Stoff sehen und das Blut, das ihre Hose durchtränkte.

Amber setzte sich auf und versuchte aufzustehen. Mit einer Grimasse des Schmerzes ließ sie sich zurückfallen. „Ich kann es nicht belasten."

Peri wurde übel. „Ich werde dir helfen!"

„Das schaffe ich nie. Geh, Peri. Hau ab!"

„Ich werde dich *niemals* verlassen." Sie hatte bereits Ronin verloren. Sie wollte nicht auch noch ihre Schwester verlieren.

Die Überreste der Söldner erklommen die Steigung, Lady Victoria und Colston an der Spitze. Das Gesicht der Anführerin wirkte jetzt nicht mehr attraktiv. Wut war in die Züge der Frau geätzt. Sie hob ihre Pistole, schritt näher heran und drückte den Lauf genau auf die Mitte von Peris Stirn.

Peri wich zurück. Lady Victoria sah fertig aus. Ihr Arm blutete, und ihr Mantel war zerrissen.

Colston stand hinter der Frau. Er war nicht verletzt, aber er war eindeutig wütend. Es war klar, dass sie in der Eishöhle eine Menge Leute verloren hatten.

„Miststück!" Er schob sich vor, packte Peris Jacke und riss sie hoch. Er zerrte sie an den Rand der oberen Ebene. Von hier aus hatte sie einen perfekten Blick auf die leere Eisstadt unter ihr. Er stieß sie an den Rand, und ihr Fuß glitt ab ins Nichts.

„Wenn ich einen verdammten Brunnen hätte, in den ich dich wie deinen toten Freund werfen könnte, würde ich es tun. Ich würde deine Schreie um mich herum widerhallen hören."

„Fick dich!", spie sie aus.

„Du hast eine schlechte Wahl getroffen, Ms. Butler."

„Ich würde es wieder tun, wenn ich könnte."

„Peri!", schrie Amber. „Lasst sie gehen!"

Colston lehnte sich näher heran. „Rast dein Herz? Brennt die Angst in deinem Bauch?"

Er schubste sie erneut, und Peri spürte die gähnende Leere hinter sich. Sie blickte nach unten. Es war ein tiefer Fall, und sie wusste, dass sie ihn nicht überleben würde.

„Das hat Cooper auch empfunden, als er in dieses Loch gefallen ist." Colstons Augen glitzerten.

Ronin. Schmerz durchzuckte ihre Brust, aber sie starrte Colston trotzig an. Sie würde dem Wichser nicht das Vergnügen gönnen, ihre Angst oder ihren Schmerz zu sehen. „Willst du mich zu Tode reden oder was, Colston?"

Er gab einen wütenden Laut von sich und stieß sie über die Kante.

Peri fiel rückwärts und sah, wie Colston und zwei andere Schlägertypen der Seidenstraße sie beobachteten, während sie fiel. Sie hörte Ambers Schreie.

Die Luft rauschte an Peri vorbei, und sie schloss die Augen. Sie dachte an Ronins intensives, nicht alltäglich hübsches Gesicht. An das Gefühl seiner muskulösen Arme um sie. An den Geschmack seiner Lippen auf ihren.

Plötzlich wurde sie von starken Armen aufgefangen, und die Wucht des Sturzes warf sie und ihren Retter zu Boden und ließ sie über das Eis gleiten. Die Luft wurde ihr aus den Lungen gepresst, und sie hörte ein männliches Grunzen unter sich.

Als sie zum Stillstand kamen, blinzelte sie. Gott, sie war am Leben.

Sie drehte den Kopf, um ihren Retter anzusehen, und ihre Brust schnürte sich fest zu.

KAPITEL FÜNFZEHN

„Peri? Geht es dir gut?"

Ronin hielt Peri fest umklammert in seinen Armen. Sie starrte ihn mit großen, ungläubigen Augen an.

„Ronin?" Ihre Hände umfassten seine Wangen. „Sind wir tot?"

Er lächelte. „Nein."

Verständnis dämmerte auf ihren schönen Gesichtszügen, und dann stürzte sie sich auf ihn und sprang auf seinen Schoß. Verzweifelt küsste sie ihn, und ihre Hände wanderten über ihn, als wolle sie sich vergewissern, dass er wirklich existierte.

„Du lebst?", flüsterte sie.

„Ja."

Sie brach in herzzerreißende Schluchzer aus.

Gott, sie brachte ihn noch um. Er schlang seine Arme um sie und zog sie an seine Brust, während er ihr beruhigende Worte zumurmelte und ihren Rücken streichelte.

„Ich bin hier, Baby. Es tut mir leid, dass ich dich für eine Weile verlassen musste."

Das Geräusch eines Räusperns erregte Ronins Aufmerksamkeit, und er sah zu Logan und Dec hinüber. Dec grinste, und Logan starrte nach oben.

Ronin legte eine Hand in Peris Nacken und streichelte sie. Ihr Schluchzen verwandelte sich in leise Tränen.

„Mir geht es gut", teilte er ihr mit.

„Wie kann das sein?", fragte sie mit brüchiger Stimme. „Ich habe gesehen, wie sie dich in dieses Loch gestoßen haben." Ihre Brust verkrampfte sich.

Er dachte, dass es ihm genauso gehen würde, wenn sie in der umgekehrten Situation gewesen wären und er gezwungen gewesen wäre, sie fallen zu sehen, und sie für tot gehalten hätte. Er drückte sie fester an sich. Zuzusehen, wie dieser Mistkerl Colston sie von der verdammten Klippe gestoßen hatte, war schon schlimm genug gewesen.

„Der Brunnen war schmal. Ich habe meine Arme und Beine ausgestreckt und es geschafft, mein Abrutschen zu verlangsamen. Dann habe ich mich dort festgehalten und versucht, einen Plan zu entwickeln." Er sagte ihr nicht, dass seine Muskeln gebrannt und gezittert hatten und er kurz davor gewesen war, ins Nichts zu rutschen. „Dec und Logan haben uns beobachtet. Nachdem die Söldner der Seidenstraße weg waren, kamen sie an und zogen mich raus."

Sobald er wieder draußen gewesen war, war er losgerannt, um verzweifelt nach Peri zu suchen.

Sie küsste ihn erneut leidenschaftlich, und die

Tränen liefen ihr immer noch über die Wangen. „Ich liebe dich."

Der Schock ließ ihn erstarren.

„Es ist mir egal, ob du ein finsterer, gefährlicher Einzelgänger bist. Es ist mir egal, ob du keine Ahnung hast, was Liebe bedeutet. Du gehörst mir, und ich werde dir alles darüber beibringen, bis du mich auch liebst. Bis du den Boden anbetest, auf dem ich gehe." Ihr Tonfall war grimmig.

Er vergrub seine Hände in ihrem Haar, und Gefühle durchströmten seine Brust. Er war sich nicht sicher, welche es im Einzelnen waren, aber er wusste, was sie bedeuteten. „Okay."

Sie legte den Kopf schief. „*Okay?* Das ist alles, was du zu sagen hast, nachdem du mir erklärt hast, dass du nicht der Typ für Liebe und Zweisamkeit bist?"

Ronin lächelte. „Ich bezweifle, dass ich lange brauchen werde, um zu lernen, wie man dich liebt, Peri. Ich glaube, ich bin schon auf dem richtigen Weg."

Sie gab einen Laut von sich, und ihr Gesicht wurde weicher. Ihr Kuss war dieses Mal langsamer, zärtlicher.

Wieder ertönte ein Räuspern. „Die Bösewichte entkommen mit dem gefährlichen Artefakt", stellte Dec fest. „Und wir müssen Peris Schwester noch retten."

Peri zuckte zusammen und sah auf. Ronin nickte. „Bist du bereit?"

Sie nickte.

„Lass uns deine Schwester holen und die Welt retten."

„Kein Druck." Sie richtete sich auf und nickte Dec und Logan zu. „Ich bin froh, dass es euch gut geht."

„Wir auch", meinte Dec.

„Die Seidenstraße wird so schnell wie möglich von hier verschwinden", erwiderte sie.

„Wir werden sie aufhalten", erklärte Ronin düster.

„Es sind nicht mehr allzu viele von ihnen übrig", entgegnete sie mit wilder Genugtuung.

Ronin lächelte. „Ich habe gesehen, wie du sie durch die Eiszapfenhöhle geführt hast."

„Ich würde es wieder tun, wenn ich könnte."

„Dich möchte ich wirklich nicht zum Feind haben."

„In Ordnung, gehen wir", sagte Dec.

Sie brachen auf und folgten der Spur der Söldner. Es dauerte nicht lange, bis sie vor sich Stimmen hörten.

Dec hob eine Hand, und sie kauerten sich nieder. „Logan und ich umkreisen sie. Ihr greift sie von hinten an. Nehmt euch die Wachen vor und schaltet so viele aus, wie ihr könnt."

Ronin nickte. „Verstanden." Er zog die Ersatz-Glock, die Dec ihm gegeben hatte, und überprüfte sie.

„Lasst uns das beenden und die Waffe sichern", meinte Dec. „Viel Glück." Er und Logan schlüpften zwischen zwei Gebäuden hindurch und verschwanden.

„Wirst du dich zurückhalten?", fragte Ronin Peri leise.

„Nein, auf keinen Fall!"

Er seufzte. Er hatte gewusst, dass sie das sagen würde. Aber zur Hölle, Peri hatte immer wieder bewiesen, dass sie auf sich selbst aufpassen konnte. Er zog das Kampfmesser hervor, das Logan ihm gegeben hatte, und reichte es ihr. „Nimm das."

Sie packte es und nickte.

„Und bleib dicht bei mir."

Sie schlichen sich an der Seite eines Gebäudes entlang. Um die Ecke hörten sie Stimmen, und er erkannte, dass die Seidenstraße angehalten hatte, um zu rasten.

„Hey, wo ist Chang?", fragte jemand.

„Er ist in diese Richtung gegangen."

„Der Idiot hat sich verdammt noch mal verlaufen. Wir müssen zusammenbleiben."

„Er wird zurückkommen."

Oder auch nicht. Wie es aussah, hatten Dec und Logan begonnen, die Wachen auszuschalten.

Ronin ging bis zum Ende der Mauer, den Rücken an den Fels gepresst. Er warf einen vorsichtigen Blick um die Wand herum und zog sich zurück. In diesem Sekundenbruchteil hatte er die Anzahl der Wachen und deren Standorte erfasst.

„Zwei kommen in diese Richtung", murmelte er Peri zu. Sie hob ihr Messer.

Er verlangsamte seine Atmung. Zeit zum Angriff.

ZWEI WACHEN der Seidenstraße kamen um die Ecke. Sie unterhielten sich, lachten und schenkten nichts und niemandem Aufmerksamkeit.

Noch bevor Peri eine Reaktion planen konnte, griff Ronin an.

O Gott. Er bewegte sich kraftvoll und schnell. Ronin packte die erste Wache und schleuderte sie gegen die Wand. Mit einem gnadenlosen Tritt gegen das Knie brachte er dann die zweite Wache zu Boden, und in einer Sekunde war Ronin auf ihm. Er packte den Hals des Mannes und verdrehte ihn. Das knackende Geräusch ließ sie zusammenzucken.

Ronin schnellte nach oben, gerade als die zweite Wache sich auf ihn stürzte. Drei harte, kurze Schläge und sein Gegner ging zu Boden.

Das war alles, was Ronin glaubte, bieten zu können. Gewalt und Kampfkunst. Ein Schutzschild für die Menschen zu sein, die er für gut und unschuldig hielt.

Aber es steckte so viel mehr in ihm. Mut, ein unerschütterlicher Sinn für Recht und Unrecht und die Tapferkeit, Dinge zu tun, die andere nicht tun wollten, um Menschen zu beschützen.

Er sah sie an. „Alles gut?"

Sie ging auf ihn zu und drückte ihm einen schnellen Kuss auf die Lippen. „Ja."

Etwas regte sich in seinen Augen.

„Rogers, wo zum Teufel sind ..." Ein Mann kam um die Ecke.

Er starrte sie schockiert an, trat einen Schritt zurück und öffnete den Mund, um die anderen zu alarmieren.

Peri stürmte vor, holte mit dem Messer aus und rammte es ihm in den Bauch.

Der Mann stöhnte auf, und beide starrten sich eine Schrecksekunde lang an. Er taumelte rückwärts, als eine weitere Wache auftauchte. Dieser Typ hatte ein gefährlich aussehendes schwarzes Gewehr in der Hand.

Er kniff die Augen zusammen und begann, die Waffe zu heben. Ohne nachzudenken, ließ sich Peri fallen, rutschte über das Eis und trat ihm die Beine weg.

Mit einem Aufschrei fiel er auf den Rücken. Bevor Peri auf die Beine kommen konnte, raste Ronin wie ein verschwommenes, dunkles Geschoss an ihr vorbei. Er stürzte sich auf den Söldner der Seidenstraße und streckte ihn mit einem harten Schlag nieder.

Ronin schnappte sich das Gewehr und stand auf.

Peri hörte Rufe. Die Seidenstraße wusste, dass sie hier waren.

Plötzlich ertönte ein weiblicher Schrei auf dem Eis um sie herum. Peris Kopf schnellte hoch, und ihr Herz schlug ihr gegen die Rippen. „Amber."

„Kommt jetzt raus, und ich werde sie nicht töten!", rief Colston.

Peri starrte Ronin an.

„Jetzt!", brüllte Colston.

Peri zögerte nicht. Sie schritt um die Ecke, und Ronin war ihr dicht auf den Fersen.

Colston stand mit nur vier Wachen da. Er hatte Amber vor sich gepresst und hielt ihr eine Pistole an die Schläfe. „Lasst eure Waffen fallen."

Peri warf ihr Messer weg, und es klapperte auf dem Eis. Ronin ließ das Gewehr auf den Boden fallen.

„Ihr Typen von THS seid verfluchte Nervensägen. Ihr Jungs wollt einfach nicht sterben." Colstons Gesicht verfinsterte sich. „Ich haue mit dem Vajra ab, und ihr werdet mich nicht aufhalten."

Ronin hob eine Augenbraue. „Du meinst die Waffe, mit der deine Partnerin bereits das Weite gesucht hat?"

Colston blinzelte. Er drehte seinen Kopf, um hinter sich zu schauen.

Von Lady Victoria war keine Spur zu sehen.

„Victoria? *Vicky?*" Ein Muskel zuckte in seinem Kiefer. Er drückte die Pistole fester gegen Ambers Haut, und sie stöhnte auf. Dann fluchte er.

„Ich glaube irgendwie nicht, dass es Ehre unter Dieben gibt", meinte Ronin.

„Halt die Klappe! Ich bringe dich um, und deine Frau, und diese verräterische Schlampe, der ich gehorchen musste."

Peri starrte den wütenden Mann an, und ihre Gedanken überschlugen sich, als sie versuchte herauszufinden, was Ronins Plan war. Er wirkte gelassen und entspannt, trotz der auf sie gerichteten Waffen.

„Wir wissen beide, dass Victoria schon längst über alle Berge ist", antwortete Ronin.

„Ich sagte, du sollst die Klappe halten!" Spucke flog aus Colstons Mund. Seine lässige Attitüde und seine coole Surfer-Persönlichkeit, die er vorhin gezeigt hatte, waren längst verschwunden.

In diesem Moment bemerkte Peri eine blitzartige Bewegung. Sie achtete darauf, nicht in diese Richtung zu schauen, aber aus dem Augenwinkel sah sie Logans große Gestalt, die sich hinter den Söldnern der Seidenstraße heranschlich.

Ronin lenkte Colston ab, damit er es nicht mitbekam.

Dabei konnte sie helfen. „Amber, geht es dir gut?"

Ihre Schwester biss sich auf die Lippe, und ihr Gesicht zeigte Angst. „Nein."

„Es wird alles gut", versprach Peri.

„Ach ja?" Colston zog Amber näher heran. „Ich bin derjenige mit der Waffe, also wie zur Hölle kommst du denn auf die Idee?"

„Weil du von verärgerten ehemaligen Navy SEALs umgeben bist", meinte Peri, wobei wilde Zufriedenheit in ihr aufflammte. „Und der hinter dir sieht besonders wütend aus."

Colston und seine Männer zuckten zusammen und drehten sich um.

Logan sprang los und Dec flog aus dem Nichts auf sie zu. Sie griffen die Männer mit harten Tritten an. Sie sah, wie Logan einem der Wachen einen unbarmherzigen Schlag versetzte. Der Kerl taumelte zurück und stieß gegen Colston. Mit einem Schrei fiel Colston nach hinten, und Amber fiel mit ihm.

„Hol deine Schwester." Ronin stürzte sich in den Kampf, um zu helfen.

Peri eilte hinzu und packte Ambers Arm. Sie zog ihre Schwester aus dem Getümmel. „Amber!"

„O Gott!" Amber umarmte sie fest.

Peri hörte Flüche und Grunzen und das dumpfe Aufschlagen von Fleisch auf Fleisch, als der Kampf um sie herum weiterging.

„Nein!" Colston versuchte, davonzukriechen. Ronin packte ihn von hinten an der Jacke und zog ihn hoch.

„Du hast meine Frau von einer verdammten *Klippe* geworfen." Ronins Stimme klang tief und tödlich.

Peri bekam eine Gänsehaut. Colston riss sich los und rannte davon. Ronin zog seine Glock, zielte und schoss.

Colston schlug mit dem Gesicht zuerst auf dem Eis auf und bewegte sich nicht mehr.

Peri umarmte ihre Schwester erneut. „Geht es dir gut?"

Amber nickte, mit Tränen in den Augen. „Ja, jetzt

schon. Danke, dass du mich gerettet hast, Schwesterherz."

„Lass mich dein Bein sehen", meinte Peri.

„Es ist nicht allzu schlimm. Colston hat es zusammenflicken lassen."

Peri sah sich den blutgetränkten Verband an. Das würde für den Moment reichen müssen. Gott, dieser Albtraum war fast vorbei. „Ich liebe dich."

„Ich liebe dich auch", flüsterte Amber.

Ronin tauchte plötzlich wieder auf. „Geht es allen gut?"

Peri warf sich ihm an den Hals und vergrub ihr Gesicht in seinem Nacken. Er hielt sie fest, und seine Hände schmiegten sich an sie.

„Amber, das ist Ronin. Ronin, meine Schwester, Amber."

Amber lächelte. „Hi."

„Und die anderen sind Declan und Logan." Sie lehnte sich an Ronins Seite. „Sie sind von Treasure Hunter Security. Ich habe sie angeheuert, um mir zu helfen, dich zu retten."

Dec tauchte auf. „Wir müssen die Frau von der Seidenstraße aufhalten und das Artefakt sicherstellen."

Amber wischte sich mit dem Ärmel über das Gesicht. „Ich habe bemerkt, wie sie gegangen ist. Sie ist in diese Richtung gelaufen." Amber zeigte auf eine leere Straße.

„Lasst uns das beenden", meinte Peri.

VICTORIA GAB SICH KEINE MÜHE, ihre Spuren zu verwischen. Sie rannte einfach so schnell sie konnte.

Ronin umging einige Trümmer und untersuchte den Boden. Sie waren ihr dicht auf den Fersen.

Er blickte zu Peri hinüber, die Amber stützte. Sie sah aus, als hätte man sie durch die Hölle geschleppt. Das taten beide Frauen. Seine Brust zog sich zusammen. Er wollte, dass diese Mission vorbei war, dann würde er Peri von hier wegbringen.

Dann dachte er daran, was das bedeutete. Sein Kiefer kribbelte. Er war sich immer noch nicht sicher, was für eine Zukunft er mit Peri hatte. Sie hatte ihn geöffnet, Licht in die dunklen Teile seiner Seele gestrahlt. Er wollte sie nicht aufgeben. Niemals. Aber er wusste, dass sie etwas viel Besseres als ihn verdient hatte.

Sie bogen in eine andere Straße ein, und er erkannte, dass das Eis in diesen Teil der Stadt eingedrungen war. Eine riesige Wand der Kälte versperrte den Weg. An der Spitze befanden sich einige Vorsprünge und Tunneleingänge.

Lady Victoria stand am Fuße der Eisklippe und schaute nach oben.

Sie kann nirgendwo hin. Ein kleines Lächeln breitete sich langsam auf Ronins Lippen aus. „Es ist vorbei, Vicky."

Die Frau drehte sich zu ihnen um, und ihr Gesicht war angespannt und wütend. „Verflucht seist du! Du hast alles ruiniert."

Dec trat einen Schritt vor. „Ich habe nicht vor, deinen Tag besser zu machen. Gib mir den Vajra."

Die Anführerin schüttelte den Kopf. „Es spielt keine

Rolle, ob du mich tötest. Der *Sammler* wird niemals aufhören."

„Der *Sammler*?", fragte Dec mit einem Stirnrunzeln.

„Das wahre Oberhaupt der Seidenstraße." Sie lächelte, doch es war kein schönes Lächeln. „Er wird dafür sorgen, dass ihr für alles, was THS getan hat, bezahlen müsst. Der *Sammler* wird euer Unternehmen und eure Familie zerschlagen, Stück für Stück." Sie hob eine Hand und hielt das Artefakt hoch. „Und wenn ich sterben muss, können wir alle zusammen zur Hölle fahren."

Sie umklammerte den Vajra mit beiden Händen und berührte etwas auf ihm. Plötzlich schoss ein grelles Licht aus der Waffe.

„Was zum Teufel?", knurrte Logan.

Jeder Muskel in Ronin spannte sich an. *Mist.* Er stürzte sich auf Peri.

„Sie hat den Vajra aktiviert!", brüllte Dec.

KAPITEL SECHZEHN

Scheiße. Ronin hob seine Glock. Neben ihm taten Logan und Dec dasselbe. Sie feuerten alle zusammen.

Aber keine der Kugeln traf die Frau. Sie lösten sich im Licht auf.

Es war jetzt so hell, dass Ronin die Tränen über das Gesicht liefen. Er wusste nicht, was zum Teufel dieses Ding wirklich war, aber falls es nuklear geladen war, gab es keinen Ort, an den sie flüchten konnten.

Er stürzte sich auf Peri. Sie knallten auf das Eis, und er umschlang sie.

„Ronin."

„Ich liebe dich, Peri." Er ließ sich die Chance nicht entgehen, ihr das zu sagen.

Ihre Finger gruben sich in seinen Körper. „Ich liebe dich auch."

Amber kauerte sich mit blassem Gesicht neben sie. Ronin hörte Logan stöhnen und Dec fluchen. Als er aufblickte, sah er durch das Licht, dass Logan einen Arm über seine Augen gelegt hatte. Dec versuchte, sich vorwärtszubewegen, wobei sich sein Gesicht vor Schmerz verzerrte.

Ronin drückte Peri fester an sich. Zur Hölle, er hatte sie im Stich gelassen. Er konnte sie nicht vor dem hier schützen.

Peng. Das Geräusch schnitt durch die Luft, und das Licht erlosch schlagartig.

Verwirrt beobachtete Ronin, wie Flecken vor seinen brennenden Augen tanzten, als sie sich wieder an die Umgebung anpassten.

„Verdammte Scheiße!" Das war Logans Stimme.

Ronin hob den Kopf. Victoria plumpste auf den Boden, gefangen in einem schweren, schwarzen Netz.

Er sah auf und erblickte ein Team von Leuten, die auf einem der Eisvorsprünge über ihnen standen. Sie waren ganz in weiße Kälteschutzausrüstung gekleidet und hatten die Schutzbrillen über ihre Gesichter gezogen. Einer hielt ein Netzabwurfgerät in der Hand.

Das Team warf Seile die Eiswand hinunter und seilte sich Sekunden später ab.

Ronin schob sich hoch und half Peri auf die Beine. Ihre Augen waren rot und tränten. Auch die anderen standen alle auf. Sie sahen zu, wie das Team in Weiß hinüberschritt, um Victoria und den Vajra zu sichern.

„Amber?", rief Peri.

„Mir geht es gut."

Ein Mann löste sich von der Gruppe und ging auf sie zu. Seine Funktionskleidung konnte den großen, kräftigen Körper darunter nicht verbergen. Er bewegte sich wie jemand, der seinen Körper zu einer Waffe geschliffen hatte. Er blieb stehen und schob seine Schutzbrille an der Kapuze hoch. Die untere Hälfte seines Gesichts war von einem weißen Halstuch bedeckt, sodass nur seine Augen zu sehen waren.

Sie waren tief bernsteinfarben.

Dec trat vor. „Das Team in Schwarz ist heute wohl das Team in Weiß."

„Ward. Danke, dass du uns geholfen hast, ein gefährliches Artefakt zu finden."

„Du meinst eine *Waffe*", erwiderte Declan.

Der Mann in Weiß warf Dec einen harten Blick zu. „Es spielt keine Rolle, wie wir es bezeichnen. Ich stelle es sicher."

„Ziel gesichert." Eine Frau in Weiß kam hinter dem Mann zu stehen.

„Wer zum Teufel sind diese Leute?", fragte Peri.

Der Mann hob eine Hand. Mit einem Schrecken stellte Ronin fest, dass der Mann keinen Handschuh trug und seine Haut eine helle, silberne Farbe hatte. Nein. Ronin sah genauer hin. Der Mann trug eine Art High-Tech-Prothese.

„Das geht dich gar nichts an, Ms. Butler." Die Stimme des Mannes war tief. „Aber ich versichere dir, dass das Artefakt in sicheren Händen ist."

„Und es wird untersucht werden", meinte Dec mit einem finsteren Blick. „Und nachgebaut."

„Nein", antwortete der Mann. „Es wird *gesichert*. Das ist alles, was ich euch sagen kann." Er warf einen Blick auf sein Team, dann trat er zurück. „Wir können euch gern zur *Aurora Station* zurückfliegen. Wir haben einen Hubschrauber."

„Wir werden euch unseren Fund nicht übergeben", knurrte Logan.

Der Mann richtete sich auf. „Ich arbeite für die Regierung, Mr. O'Connor. *Eure* Regierung. Ich bin befugt, die Waffe an mich zu nehmen."

„Ihr Arschlöcher habt Hale und Agent Alexander bei unserem letzten Einsatz fast umgebracht", stellte Dec fest.

Ronin war sich bewusst, dass Dec immer noch sauer wegen des Drohnenvorfalls in der Kalahari-Wüste war.

„Das war ... ein Fehler."

„Und vielleicht ist es auch ein Fehler, euch dieses Artefakt zu übergeben", giftete Logan.

„Wollt ihr mit uns darum kämpfen?", fragte der Mann in einem seidigen Ton.

Logans Hände ballten sich zu Fäusten. „Wir könnten es mit euch aufnehmen."

Ronin spannte sich an und wartete darauf, was Dec tun wollte.

Dec seufzte und sah müde aus. „Wisst ihr was? Ich sehne mich nach einer heißen Dusche, einem Bier und einem Flug zurück zu meiner Frau. Also gut. Wenn ihr ein gefährliches Artefakt sicherstellen wollt, gehört es euch."

„Ich hasse diese Typen, verdammte Scheiße", brummte Logan.

„Ihr habt heute gute Arbeit geleistet. Das hätte böse enden können." Der Blick des Mannes traf Declans. „Ich bin nicht befugt, euch das zu sagen, aber man nennt uns Team 52."

Dec hob eine Braue. „Was mir absolut nichts sagt."

Ronin hatte den deutlichen Eindruck, dass der Mann hinter seinem Bandana lächelte.

„Es ist besser als *das Team in Weiß* oder *das Team in Schwarz*", entgegnete der Mann.

Peri ergriff Ronins Hand. „Es ist vorbei?" Ihr Blick wanderte zu ihrer Schwester. Liebe und Erleichterung standen ihr ins Gesicht geschrieben.

„Ja." Er zog Peri fest an seine Seite. „Zeit, nach Hause zu gehen."

Die Frau von Team 52 kam auf sie zu und bewegte sich auf eine Art und Weise, die vermuten ließ, dass sie mit sehr wenig Aufwand töten konnte. Ronin erkannte fortgeschrittenes Kampftraining, wenn er es sah.

„Es tut mir leid, aber ihr müsst mir alle Aufnahmegeräte und alle Bilder, die ihr gemacht habt, aushändigen" Ihre Stimme war klar und deutlich.

„Ich will eine heiße Dusche und ein paar Schmerzmittel", stöhnte Amber. „Und einen dreifachen Milchkaffee."

Peri drückte den Arm ihrer Schwester, bevor sie sich umdrehte und ihr Gesicht an Ronins Brust legte. „Ich will zwei Tage lang durchschlafen." Sie lehnte sich an ihn und senkte ihre Stimme. „Willst du mir Gesellschaft leisten?"

Sie würde bald lernen, dass die Antwort auf alles, was sie von ihm verlangte, immer die gleiche sein würde. „Ja."

Die Reise aus der gefrorenen Stadt ging schnell, weil Team 52 sie eskortierte.

Bald liefen sie im schwachen antarktischen Sonnenlicht über den Schnee auf einen schnittigen weißen

Hubschrauber zu. Das verfluchte Ding war anders als alles, was Ronin bisher gesehen hatte, und stark modifiziert.

Ronin half Peri und Amber ins Innere, und sie ließen sich auf den hinteren Sitzen nieder. Vorn hob ein anderer weiß gekleideter Soldat mit einem verspiegelten Helm zur Begrüßung die Hand, sagte aber nichts.

Ronin setzte sich und schlang einen Arm um Peri. Sie schmiegte sich an ihn, den Blick auf ihre Schwester gerichtet, die sich bereits angeschnallt und die Augen geschlossen hatte.

Logan knallte die Seitentür zu. Augenblicke später hoben sie ab.

Ronin starrte aus dem Fenster. Er sah, wie die Mitglieder des geheimnisvollen Teams 52 sich zum Eingang zu den Tunneln unter der Pyramide bewegten. Doch Sekunden später verschmolzen sie mit dem Eis und Schnee und waren verschwunden. Dann starrte er auf die Spitze der Pyramide, bis auch sie aus dem Blickfeld verschwand.

„Wir werden nie etwas über diese Stadt erfahren, nicht wahr?", flüsterte Peri. „Die ganze Geschichte wird begraben bleiben."

Dec zuckte mit den Schultern. „Vielleicht. Vielleicht auch nicht."

„Da unten liegt eine unbekannte, wichtige Geschichte verborgen", meinte Peri. „Geschichte, die die Welt erfahren sollte."

Ronin beugte sich vor und schob eine Hand in seine Tasche. Er vergewisserte sich, dass seine Bewegungen vor dem Piloten verborgen blieben, zog eine kleine Speicherkarte heraus und zeigte sie Peri diskret. „Gut, dass ich raffiniert bin und sehr gut darin, Dinge zu verstecken."

Peri lachte, ein warmer Klang, den er immer wieder hören wollte. Auch die anderen schmunzelten.

„Was ist mit dem Vajra?", fragte Peri.

Dec lehnte sich zurück und strich sich mit den Händen über den flachen Bauch. „Vielleicht ist er jetzt an einem sicheren Ort. Ich mag diese Typen nicht, aber Special Agent Burke vom FBI sagt, sie seien die Guten. Und er respektiert sie." Dec seufzte. „Im Moment mache ich mir mehr Sorgen darüber, Mel und ihrer Crew von Lars zu erzählen."

Ronin zog Peri näher an sich heran. Im Moment kümmerten ihn verräterische Wissenschaftler, verlassene Eisstädte und gefährliche Artefakte nicht.

Auf dieser Mission hatte er etwas viel Erstaunlicheres und viel Wichtigeres gefunden. Und jetzt musste er herausfinden, wie er sie lieben und glücklich machen konnte.

„Lass uns einfach nach Hause fahren", flüsterte Peri ihm zu.

„Das würde mir gefallen." Er drückte ihr einen Kuss auf den Kopf.

PERIS FINGER GRUBEN sich in die Bettbezüge in ihrem Zimmer auf der *Aurora Station*, als Ronin von hinten in sie eindrang.

„Tiefer", knurrte er. Seine Hände umklammerten

ihre Hüften und neigten sie. Er stieß tief in sie hinein, und ein langes Stöhnen entwich ihren Lippen.

Er fühlte sich in ihr so groß, dick und hart an.

„Das ist so unfassbar gut, Peri." Seine Stimme war guttural. „Ich werde dich für immer ficken. Jeden Tag."

„Ja." Sie stieß ihre Hüften zurück und kam ihm entgegen. Sie waren im Warmen und geschützt. In ihrer Welt war alles in Ordnung. In diesem Moment gab es nur sie und Ronin.

Er drang erneut in sie ein und presste seinen Körper gegen ihren Rücken. Sein Mund fand den ihren, und sie neigte ihren Kopf, um ihm besseren Zugang zu gewähren. Der Kuss war wild und leidenschaftlich.

Sie waren noch am Leben, und Sex war die beste Art, das zu feiern.

Eine seiner Hände glitt unter ihren Bauch. Als seine Finger ihren Kitzler berührten, biss sie sich auf die Lippe, um ihren Schrei zu unterdrücken. Seine Hüften hielten inne, dann drang er tief in sie ein.

„Hör nicht auf, Ronin!"

„Werde ich nicht, Baby." Seine Finger streichelten immer noch ihren Kitzler. „Ich will nur spüren, wie du dich um meinen Schwanz klammerst."

„Ronin, fick mich."

„Du bist so ungeduldig." Er zog sich zurück und drang dann wieder in sie ein.

Peri drückte ihren Kopf auf das Kissen. „Es fühlt sich so gut an."

„Sag meinen Namen, Peri."

„Ronin." Sie stöhnte hilflos auf, als er weiter in sie hineinpumpte, und presste sich an ihn. „Mein Ronin."

„Ich liebe es, wenn du meinen Namen sagst, wenn ich meinen Schwanz in dir vergraben habe. Berühre deinen Kitzler, Peri. Ich will spüren, wie du auf meinem Schwanz kommst."

Sie folgte seiner Aufforderung und streichelte ihren geschwollenen Kitzler. Ein weiteres Stöhnen brach aus ihr heraus.

„Das ist so verdammt sexy." Seine Stimme war kehlig. „Lass mich spüren, wie du kommst, danach werde ich dich richtig hart ficken. Damit du weißt, wem du gehörst."

Seine geschickten Finger entlockten ihr eine weitere Welle der Lust. Sie schrie seinen Namen und konnte all die Gefühle kaum noch ertragen – sein dicker Schwanz, der sie dehnte, die intensive Lust, die ihren Körper durchschüttelte, die Hitze, die von ihm ausging, das raue Stöhnen, das ihm bei jedem harten Stoß entfuhr.

Er stieß noch einmal hart in sie, bevor er plötzlich innehielt und sein Körper erbebte. Ein Stöhnen entrang sich seinen Lippen, und sie spürte, wie sich seine Erlösung in sie ergoss.

Sie sackten auf dem Bett zusammen, und sie konnte sein Gewicht schwer auf ihrem erschöpften Körper spüren. Es war ihr gleichgültig. Sie hatte sich noch nie so gut gefühlt, und sie wollte sich nie wieder bewegen.

„Ich liebe dich, Peri." Seine Lippen pressten sich auf ihren Nacken. „Sei die Meine."

Wärme breitete sich in ihrer Brust aus. „Das bin ich bereits."

„Wenn wir wieder in Denver sind … möchte ich nicht mehr von dir getrennt sein."

Sie hörte das leise Zögern, das in seiner Stimme lag. Sie stupste ihn an und hatte gerade noch ausreichend Kraft, sich zu ihm umzudrehen.

„Mein Haus ist groß genug für einen sexy ehemaligen G-Man." Sie streichelte sein Gesicht. „Wir haben in kurzer Zeit viel durchgemacht", sie spürte, wie er sich anspannte, „aber wir wissen auch, dass wir etwas Echtes gefunden haben. Ich lasse dich nicht entwischen, Ronin." Sie kuschelte sich an ihn. „Du gehörst jetzt mir."

Er entspannte sich in ihren Armen. „Ich glaube, ich habe mein ganzes Leben auf dich gewartet."

DARCY WARD BEEILTE SICH, den heutigen Tag zu beenden. Sie begann, ihr Computersystem herunterzufahren, und blickte dann auf ihre Uhr. Sie musste pünktlich zum Barbecue bei Peri und Ronin sein. Sie wollte Ronins geheimes Geschenk für Peri mitbringen.

Wer hätte gedacht, dass der große, böse und tödliche Coop eine romantische Ader hatte?

Das gesamte THS-Team versammelte sich bei Peri und Ronin, um die erfolgreiche Antarktis-Mission zu feiern und die Tatsache, dass sie Peris Schwester gerettet und dabei geholfen hatten, einen weiteren Drahtzieher der Seidenstraße zur Strecke zu bringen. Ach ja, und sie hatten geholfen, die Welt zu retten.

In den zwei Wochen, die seit der Rückkehr des Teams vergangen waren, waren die Kratzer und blauen Flecken verheilt, und zu ihrer größten Überraschung hatte sich Ronin Cooper verliebt.

Darcy lächelte, schüttelte den Kopf und tippte einige Tasten auf ihrer Tastatur an. Coop hatte für Peri heute eine Überraschung geplant, und Darcy konnte es kaum erwarten, das Gesicht der Frau zu sehen. Sie freute sich so sehr darüber, dass Coop sich öffnete und so hinreißend verliebt war. Sie hielt einen Moment inne und starrte ins Leere.

Ihre Brüder hatten sich verliebt, und zwar in fantastische Frauen, und Darcy war froh, dass sie zur Familie gehörten. Mein Gott, sogar Logan hatte den Sprung gewagt. Warum konnte Darcy nicht den richtigen Mann finden?

Ihre Absätze klackten auf dem Betonboden, als sie sich auf den Weg machte, um das Licht in der Küchenzeile auszuschalten. Sie verdrängte alle dummen Gedanken daran, eine eigene Romanze zu finden, und ging stattdessen in ihrem Kopf ihren Plan durch. Sie musste nach Hause fahren und sich umziehen, dann ihr Auto mit all den Speisen und Getränken beladen, die sie für das Barbecue vorbereitet hatte, sowie mit der großen Überraschung. Sie würde sich selbst um das Catering kümmern. Wenn sie diese Aufgabe ihren Brüdern überlassen würde, würden sie am Ende nur Pommes und Hot Dogs essen. Darcy unterdrückte ein Schaudern.

„Darcy?"

Die allzu vertraute Männerstimme ließ sie aufschrecken. Ihr Kopf ruckte hoch, und sie sah ein schroffes Gesicht auf einem ihrer Bildschirme. Einem Bildschirm, den sie gerade ausgeschaltet hatte.

„Burke." Wie zum Teufel war Agent *Arrogant-und-Nervtötend* in ihr System eingedrungen? Schon wieder?

„Wie hast du mein System geknackt?" Verärgerung durchströmte sie, als sie durch den Raum schritt. „Du magst beim FBI sein, aber dieses Mal werde ich dich verhaften lassen ..."

Sein intensives, nicht lächelndes Gesicht starrte sie an, und seine grünen Augen funkelten sogar auf dem Bildschirm. „Ich brauche dich."

Darcys Herz setzte einen Schlag aus. „Was?"

„Ich brauche dich für eine Mission", erklärte er.

Oh. Eine Mission. Aha. „Du willst THS anheuern?"

Der FBI-Agent nickte. „Aber dieser Auftrag erfordert *deine* besonderen Fähigkeiten. Vor Ort."

Wie bitte? Darcy ließ sich auf ihren Stuhl sinken. Sie ging nicht in den Außendienst. „Nein."

„Du schuldest mir was, denk daran. Ich glaube, ein bestimmtes Team hat deinen Bruder in der Antarktis gerettet."

Sie holte tief Luft. „Okay, schieß los."

„Es gibt demnächst eine Ausstellung im Dashwood-Museum."

Darcy legte den Kopf schief. Sie wusste, dass das Dashwood nach dem Smithsonian eines der angesehensten Museen in Washington DC war. „Fahr fort."

„Es wird eine private Sammlung von bisher nicht gezeigten Artefakten ausgestellt. Darunter ist auch ein ganz besonderes."

„Lass mich raten?", fragte sie. „Etwas, das die Seidenstraße will."

Burke nickte. „Ja. Etwas, von dem ich glaube, dass der *Sammler* der Seidenstraße nicht widerstehen kann."

Der *Sammler*. Seit Dec und die anderen aus der

Antarktis zurückgekehrt waren, hatte sie Recherchen über den *Sammler* angestellt und versucht, herauszufinden, wer der nunmehr alleinige Anführer der Seidenstraße war.

Sie schlug die Beine übereinander. „Kannst du nicht mit deiner Marke im Museum auftauchen und arrogant und nervig sein?"

„Sie glauben, dass ihre Sicherheitsvorkehrungen gut genug sind, und sie haben keine Gesetze gebrochen." Sein Ton verriet, dass es ihm nichts ausmachen würde, ein paar Angestellte des Dashwoods hinter Gitter zu bringen. „Ich habe sie davon überzeugt, zusätzliche Sicherheitskräfte einzustellen ... natürlich auf Kosten des FBI."

„Natürlich." THS würde also für die Sicherheit dieser Ausstellung sorgen. So etwas hatten sie schon oft gemacht, obwohl sie wusste, dass die Jungs nicht gern den ganzen Tag in Museen herumstanden.

Leider hatte sie das Pech, mit diesem Special Agent viel öfter zu tun zu haben, als ihr lieb war – Burke ging ihr immer auf die Nerven. Das bedeutete auch, dass sie sein Pokerface inzwischen ziemlich gut lesen konnte.

„Aber es geht um mehr als das", stellte sie fest und wagte eine Vermutung.

„Ich möchte, dass du mir hilfst, ihm eine Falle zu stellen." Sein Gesicht verhärtete sich. „Ich möchte, dass du mir hilfst, den letzten Anführer der Seidenstraße zu fangen."

Sie richtete sich auf, und Elektrizität durchströmte sie. „Bist du sicher, dass der *Sammler* dieses spezielle Artefakt haben will?"

„Ja."

Sie wusste, dass sich ihre Brüder diese Gelegenheit nicht entgehen lassen würden. Sie wollte das auch nicht, auch wenn das bedeutete, dass sie Seite an Seite mit Alastair Burke arbeiten musste. „Okay. Ich muss erst mit Dec und Cal sprechen, aber sie werden Ja sagen. Ich werde dir helfen."

„Gut." Grimmige Zufriedenheit überzog sein Gesicht. „Wie schnell kannst du in D.C. sein?"

RONIN FÜHRTE Peri mit verbundenen Augen den Gartenweg hinauf und achtete darauf, dass sie nicht stolperte oder strauchelte.

„Was ist hier los?", fragte sie lachend.

„Nur noch ein paar Sekunden." Er manövrierte sie über ein beschädigtes Pflaster und notierte sich gedanklich, dass er es bei Gelegenheit reparieren würde. „Fertig?"

„Ja! Ich kann es kaum erwarten, dein Geschenk zu sehen, seit du mir die Augen verbunden hast."

Er zog ihr den Stoff von den Augen.

Vor ihnen jubelten all seine Freunde.

„Hallo, Peri!", rief Dec.

„Hoffentlich gibts wenigstens Bier", grummelte Logan. „Hey, Peri."

Sie schnappte nach Luft, packte Ronins Arm und drückte ihn ganz fest. Mit großen Augen stand sie mitten auf dem Rasen vor ihrem kleinen Haus und starrte das gesamte THS-Team an. Sie waren alle fleißig bei der

Arbeit. Dec, Cal, Layne und Morgan waren am Streichen. Logan, Hale und Zach schwangen die Hämmer und reparierten die Veranda, während Sydney ihnen Nägel und Holzbretter reichte.

„Ronin ..." Peris Stimme war belegt.

„Du wolltest ein Zuhause, und wir bauen es für dich. Ich hatte noch nie ein Zuhause, nur einen Platz zum Schlafen und zum Aufbewahren meiner Sachen. Aber jetzt will ich eins." Er strich ihr über die Wangen, und sein Herz krampfte sich zusammen, als er sah, wie die Tränen in ihren Augen glitzerten. Aber er war lange genug mit ihr zusammen, um zu wissen, dass es Tränen des Glücks waren. „Ich möchte mit dir ein Zuhause aufbauen. Ich liebe dich, Peri."

„Ich liebe dich auch, G-Man." Sie stellte sich auf die Zehenspitzen und küsste ihn.

Der Geschmack von ihr erregte ihn, und er beugte sie nach hinten, um den Kuss zu vertiefen.

„Hey, lass dem Mädchen etwas Luft", lachte Morgan aus der Nähe.

Die Frauen umringten sie. Morgan zog ihren Werkzeuggürtel hoch, und Layne hatte einen Farbfleck auf der Wange. Dani hatte ihre Kamera gezückt und machte Schnappschüsse, und Elin lächelte sie an.

„Wo ist Darcy?", fragte Peri.

„Hier!" Darcy sah aus wie immer, kein Haar fehl am Platz, und eilte durch das verfallene Tor. Sie lächelte. „Tut mir leid, ich hasse körperliche Arbeit." Sie winkte mit der Hand zu einem Tisch, der unter einem Baum in der Nähe aufgebaut war. „Aber ich habe eine Wagenladung Erfrischungen dabei, die dort drüben aufgeladen werden müssen."

Logan schob sich vorbei. „Ich werde sie holen."

Sydney erschien mit einer Flasche Weißwein und Gläsern. „Ich denke, es ist an der Zeit, dass wir Damen uns hinsetzen und die Aufsicht übernehmen."

Dani schnaubte. „Du meinst, wir sollen heißen Kerlen beim Arbeiten und Schwitzen zusehen?"

„Meinst du, die ziehen ihre Hemden aus?", fragte eine hoffnungsvolle Stimme.

Peri drehte sich um, und Ronin sah, wie sie ihre Schwester umarmte. Ambers blaue Flecken waren noch nicht ganz verheilt, aber sie waren jetzt von einem verblassenden, kränklichen Gelb. Sie lächelte auch mehr, daher nahm er an, dass sie auf dem Weg der Besserung war. Die Butler-Frauen waren eindeutig aus hartem Holz geschnitzt.

„Herrje, das hoffe ich doch." Das stammte von Elin. Die FBI-Agentin hielt Sydney weitere Weingläser hin, damit sie einschenken konnte. Der Blick der Frau wanderte zu Hale herüber. „Mein Mann hat einen erstaunlichen Körper."

Peri lächelte. „Mein Mann ist auch nicht zu verachten."

Er knurrte leise und zog sie in seine Arme.

„Danke", sagte sie.

„Ich weiß, dass du dir mit der Renovierung Zeit gelassen hast, aber ich wollte etwas Nettes für dich tun."

Ihre Finger streichelten seine Wange. „Weißt du, du hattest vielleicht noch nie ein Zuhause, Ronin ...", ihr

Blick schweifte hinüber zu seinen Freunden, die gerade arbeiteten, „aber du hast eine Familie."

Da hatte sie recht. Er warf einen Blick auf seine Freunde. Er wusste, dass sein Leben ohne sie ein viel dunklerer, kälterer Ort gewesen wäre. Zur Hölle, vielleicht hätte er es ohne sie nicht geschafft. Er zog Peri an seine Brust. Und jetzt war sein Leben erfüllt von Licht und Lachen.

„Und du gehörst jetzt auch zu meiner Familie", meinte er. „Mein Zuhause ist dort, wo du bist, Peri."

Während Elin sie mit Getränken versorgte, beobachtete Ronin, wie Darcy hinüberging, um mit Dec zu sprechen. Er sah, wie Dec die Stirn runzelte. Sein Gesicht wurde ernst. Ronins Instinkte regten sich, und er fragte sich, was los war. Zweifellos würde er es bald erfahren.

„Hey, was ist damit, hier drüben?" Peri zeigte auf einen Holzstapel in der Nähe.

Ronin drehte sich um. „Das ist für den Zaun."

„Zaun?"

„Ja, der weiße Lattenzaun, den ich bauen werde."

Peris Lächeln wurde strahlend. „Das klingt großartig."

„Ich ... ah, ich habe noch etwas für dich."

Ihr Lächeln wurde noch breiter. „Das wirst du nur schwerlich toppen können, wenn ich bald Geburtstag habe."

Verdammt. Ronin erstarrte. Er musste ihr etwas noch Besseres zum Geburtstag schenken?

„Bitte schön!", rief Logan.

Sie drehten sich beide um und sahen Logan mit

einem wackelnden Bündel in den Armen auf sie zukommen.

Peri blieb der Mund offen stehen. „Was zum ...?"

Ronin räusperte sich und nahm seinem Freund den Hund ab. „Der ist für dich." Er schob den Beagle zu Peri.

Sie schloss ihre Arme um das Tier und zog es an sich. „Er ist hinreißend." Ihr Blick traf den von Ronin, und ihre Augen leuchteten vor Liebe.

„Er ist ein Findelkind, aber erst ein Jahr alt, und er braucht dringend etwas Training." Er beobachtete, wie der Beagle Peri in einem Anfall von Freude das Gesicht leckte. „Sein Name ist Porthos."

„Danke."

„Es gibt allerdings etwas, das du wissen musst."

„Ach ja?"

„Er gehört zur Hälfte mir. Er ist *unser* Hund."

Peri setzte das Tier ab, und es hüpfte in Richtung Essenstisch davon. Sie packte Ronin am T-Shirt und zog ihn näher heran. „Komm her, G-Man. Ich will, dass du mich küsst."

Also küsste Ronin sie – die einzige Frau, die er je geliebt hatte und lieben würde – vor dem Haus, das ihr Zuhause werden sollte, umgeben von den Menschen, die seine Familie waren, und ihrem Hund.

Ich hoffe, dir hat die Geschichte von Ronin und Peri gefallen!

Die Serie rund um das Team von Treasure Hunter Security geht mit Verlorene Smaragde weiter - kommt bald. In diesem Band lernst du Oliver Ward und Persephone, und Diego Torres und Sloan McBride. **Lies weiter und erhalte einen Vorgeschmack auf das erste Kapitel.**

Verpasse nichts! Für Informationen über Neuerscheinungen, kostenlose Bücher und andere Geschenke, melde dich für meine VIP-Mailingliste an und erhalte deine kostenlose Bücherbox, bestehend aus drei englischen Liebesromanen, in denen es auch an Action nicht fehlt.

Hier klicken und anmelden: www.annahackett.com

Would you like
a FREE BOX SET
of my books?

VORGESCHMACK: VERLORENE SMARAGDE

Seine Stiefel gaben im Matsch ein befriedigendes, knatschendes Geräusch von sich, als er die Ausgrabungsstätte im Dschungel durchquerte. Oliver Ward grinste bei dem Gedanken daran, wie entsetzt seine Mutter wäre. Sie verließ mit ihren Designer-Pumps nur dann den Bürgersteig in Denver, wenn es sich nicht vermeiden ließ. Sein Vater würde den typisch männlich-resignierten Ausdruck aufsetzen und Olivers Bruder, Isaac, würde einfach nur die Augen verdrehen.

Das spielte jedoch keine Rolle, denn Oliver war überglücklich.

Er war einunddreißig Jahre alt und lebte seinen Traum.

Vorsichtig suchte er die Ausgrabungsstätte ab. Einige seiner Teamkollegen der Universität von Denver begleiteten ihn, inklusive seines Mentors, Ben McBride. Der Archäologe hatte Oliver alles beigebracht, was er wusste. Eines Tages würde sich Ben in seinen wohlverdienten Ruhestand zurückziehen, und Oliver plante, seine Rolle zu übernehmen. Professor Oliver Ward. Das klang doch wirklich gut.

Sein Blick fiel auf die unregelmäßig geformten Steine, die auf einer Seite des schlammigen Hügels eingebettet waren. Sie hatten den Dschungel zurückgeschnitten, um Zugang zu den Überresten dieser Steinbauten zu erhalten, die zuvor im Laufe der Zeit vergessen worden waren. Auf Olivers Team warteten unentdeckte Ruinen und die Möglichkeit, ihre Geheimnisse und ihren Platz in der Geschichte zu erforschen.

Die Archäologie in Ecuador wurde immer besser, aber selbst heute, in den späten Siebzigern, wurde sie aufgrund fehlender Mittel immer noch planlos und unkoordiniert durchgeführt. Er sah zu dem dichten Dschungel hoch, der die Ausgrabungsstätte umgab. Durch die Vegetation erhaschte er einen Blick auf den Fluss nicht weit den Hügel hinunter.

Die Tatsache, dass die Ausgrabungsstätte tief im Dschungel des Amazonas, mitten in der wilden Gegend Ecuadors lag, erleichterte ihr Unterfangen kein bisschen.

Seine Stiefel sanken erneut in den Schlamm. Das wilde Terrain machte alles noch schwerer.

Im benachbarten Peru waren viel mehr Archäologen am Werk – schließlich lagen dort die berühmten Inka-Ruinen. Aber Oliver wusste einfach, dass es auch hier unglaubliche Inka-Stätten gab, die nur darauf warteten, entdeckt zu werden.

Direkt vor sich sah er Carlos Lopez, den einheimischen Archäologen, der Olivers Team hergeführt hatte, zusammengekauert vor den Ruinen einer Felswand hocken. Der Mann war klug und eifrig darauf bedacht, seine Methoden zu verbessern und sowohl die Kultur vor den Inka als auch die ebendieser zu verstehen. Er wollte die Geschichte seines Landes mit der ganzen Welt teilen.

„Oliver." Eine Frauenstimme brachte ihn dazu, sich umzudrehen.

„Was hast du gefunden, Cheryl?" Er bückte sich neben dem Loch, das sie gerade aushob.

Dr. Cheryl Wilson war eine gute Archäologin, obwohl sie die Feldarbeit nicht mochte und sich am liebsten in den Hörsälen der Universität aufhielt. Sie verbarg ihre Abscheu vor dem Schlamm, den Insekten und der hohen Luftfeuchte nicht. Trotzdem konnte man ihr nicht vorwerfen, dass sie nicht mit Leidenschaft dabei war.

Cheryl hob eine Keramikscherbe hoch. Vorsichtig nahm er sie und studierte sie. Vielleicht handelte es sich um ein Stück eines Kochtopfs. Cheryl beobachtete ihn, ihre Augen direkt auf sein Gesicht gerichtet. Oliver unterdrückte ein Stöhnen. Sie hatte ihn schon mehrfach subtil gefragt, ob sie mal zusammen essen oder sich eine Show ansehen wollten. Tatsächlich war sie eine kluge, attraktive Frau. Am heutigen Tag hatte sie ihr blondes Haar eigentlich zu federleichten Locken gestylt, die ihr aus dem Gesicht fielen. Er hatte bemerkt, dass diese Frisur unter den Studierenden an der Universität jetzt auch sehr beliebt war. Aber hier im Dschungel hatten die Hitze und die Feuchtigkeit ihren Locken stark zugesetzt.

Zu Hause in Denver wäre Cheryl auch die Art Frau, die er normalerweise datete. Aber hier und jetzt empfand er ... gar nichts, außer einer gewissen Wertschätzung. Um fair zu sein, desillusionierte ihn das Dating schon eine Weile. Oliver gab dem Bedürfnis nach und stieß den Seufzer aus, den er bis jetzt zurückgehalten hatte. Egal, wie attraktiv eine Frau war, er fühlte nur einen Mangel an Leidenschaft, Aufregung und Herausforderung.

Als er aufgewachsen war, hatte sich Olivers Vater gewünscht, er würde in seine Fußstapfen treten und Anwalt werden. Aber die Juristerei hatte in Oliver die gleichen Gefühle geweckt wie seine letzten Verabredungen – Langeweile und Frustration.

Geschichte hingegen ... Aufregung durchströmte seine Adern. Der Nervenkitzel, Neues zu entdecken, unentdeckte Teile der Vergangenheit zu finden und sie zusammenzusetzen, Sinn daraus zu machen, wo sie hergekommen waren ... das erregte Olivers Leidenschaft.

Er blinzelte und bemerkte, dass Cheryl ihn anstrahlte. Wahrscheinlich dachte sie, sein Gesichtsausdruck gelte ihr.

Verdammt. „Sehen wir uns das mal an." Er hob die

Keramikscherbe dicht an seine Augen. „Sieht nicht nach Dekoration aus, eher nach einem Alltagsgegenstand. Das hier muss ein Dorf gewesen sein." Oliver betrachtete die Strukturen und war sich sicher, dass hier einst Hütten gestanden hatten.

„Denkst du immer noch, dass es von den Inka bewohnt wurde?", fragte sie.

Er nickte. „Sehr wahrscheinlich." Aber was hatten sie hier in diesem dichten Dschungel getrieben?

Mit einem kurzen Nicken zu Cheryl trug er die Keramikscherbe zu jenem Zelt, das sie als Lager für ihre Funde aufgebaut hatten. Plastikwannen waren gefüllt mit Keramik und mit Gravuren versehenen Steinen. Sie hatten auch ein paar zarte Goldschmuckstücke gefunden.

Ben arbeitete in der Nähe. Der ältere Mann hob eine Hand, bevor er sich wieder über seine Arbeit beugte. Oliver hielt inne und legte seine Hände auf seine Hüften und die schlammbedeckte Cargohose, bevor er den Rest der Ausgrabungsstätte betrachtete. Ein paar Leute arbeiten weiter oben auf dem Hügel zusammen. Vorsichtig glitt er über die rutschigen Steine, die in den Matsch gepresst waren, und ging in ihre Richtung. Dabei fragte er sich, warum die Menschen, die diesen Ort erbaut hatten, die Steine hier platziert und ihre Hütten hier errichtet hatten. Was war an diesem Ort so besonders?

„Hey Oliver!", rief Dr. Sam Fields, ein enger Freund. Sie hatten gemeinsam am College studiert und waren bereits bei einigen Ausgrabungen dabei gewesen.

„Wie läufts?", fragte Oliver.

Sam zwinkerte. „Langsam und dreckig."

„Ich mag es langsam und dreckig, Jungs", mischte sich Cory Kowalski, ein weiteres Mitglied des Teams, ein. Der junge Mann war Doktorand und alle überließen ihm gern die wirklich schmutzigen Jobs.

Oliver lächelte und sah dann nach oben. Der Himmel war voller schwerer, grauer Wolken. Bald würde es in Strömen regnen.

Plötzlich hörte er einen Schrei, gefolgt von hektischen Rufen.

Er drehte sich auf dem Absatz um und sah, wie Cory den Hügel hinunterrutschte. Die Arme des jungen Mannes schlugen um sich, aber als seine Stiefel vom Stein abrutschten, trafen sie auf Schlamm, und er glitt noch schneller hinab.

Scheiße. Während sein Blick zum lang gezogenen Rio Napo glitt, sprang Oliver vorwärts. Falls Cory seinen Sturz nicht bremsen konnte, würde er über den Abgrund stürzen und im Wasser landen, in dem es von Kaimanen nur so wimmelte. Niemand wollte es mit diesen alligatorähnlichen Raubtieren zu tun bekommen.

Oliver reagierte, ohne nachzudenken. Er ging in die Hocke und schnappte sich eine Rolle Seil von einem Stapel Ausrüstung am Rande der Ausgrabungsstätte. Dann rannte er über die glitschigen Steine, betete, dass er nicht ausrutschte, und warf ein Ende des Seils in die Luft.

Es wickelte sich um einen nahen Baum. „Zieht es fest!", rief er.

Schon im nächsten Moment hetzte er den Hügel

hinunter, Cory hinterher. Seine Stiefel schlitterten, und mehr Schlamm spritzte auf seine khakifarbene Hose.

Cory hatte es in der Nähe des steilen Flussufers geschafft, sich an ein paar Baumwurzeln festzuhalten. Er umklammerte sie fest, während die Furcht deutlich in seinem Gesicht und Matsch auf seinen Wangen zu sehen war.

Oliver zog an dem Seil und kam direkt über seinem Kollegen zum Stehen. „Halte dich fest, Cory."

Der junge Mann sah zu ihm hoch und schluckte so schwer, dass sein Adamsapfel hüpfte.

„Ich hab dich." Oliver packte den Arm des Mannes und zog ihn hoch.

Er hörte ein Plätschern unten im Fluss. Als er den Kopf drehte, sah er einen interessierten Kaiman, der sich bereits ins Wasser gleiten ließ.

Für dich gibt es heute keinen Snack, Kumpel.

Schnell und gekonnt band Oliver das Seil um Corys Bauch. Die Brust des jungen Mannes bebte. Mit einem Blick zurück den Hügel hinauf winkte Oliver den anderen zu.

„Wir lassen es langsam angehen und nehmen uns Zeit auf dem Weg zurück, okay?"

Cory nickte. Mithilfe des Seils bahnten sie sich vorsichtig ihren Weg den schlammigen Hang hinauf. Es ging nur langsam voran, aber schließlich erreichten sie die anderen.

Der junge Mann brach auf dem Boden zusammen. „Du bist echt ein cooler Typ, Dr. Ward." Er fuhr sich mit einer zittrigen Hand übers Gesicht.

„Gern geschehen." Oliver klopfte Cory auf den Rücken.

Als Cheryl Cory wegführte, beugte Oliver sich vor und presste seine Hände auf seine Oberschenkel. Sein Herz pochte immer noch heftig und er brauchte eine Sekunde, um zu Atem zu kommen.

In dem Moment, in dem er seinen Kopf wieder anhob, bemerkte er eine Bewegung am anderen Ende der Ausgrabungsstätte, nahe der Baumgrenze. Er konnte eine schmale Gestalt ausmachen, die inmitten der dichten Vegetation stand und sich in den Schatten hielt.

War das ein Einheimischer? Er runzelte die Stirn. Just in diesem Augenblick fielen erste Regentropfen vom Himmel und trafen seine Schultern und Arme.

Nach dem, was er sehen konnte, war die Person klein und schlank. Sie trug eine Cargohose und ein khakifarbenes T-Shirt. Zudem hatte sie sich ihren Hut tief ins Gesicht gezogen, aber dennoch war Oliver sich sicher, dass die Person ihn anstarrte.

Aus irgendeinem Grund schlug sein Herz heftig gegen seine Rippen. Im nächsten Moment sah er, wie sich die Gestalt umdrehte und mit schnellen, eleganten Schritten an der Baumgrenze entlangbewegte.

Schließlich öffnete der Himmel seine Schleusen und der Regen tränkte seine Kleider.

Innerhalb weniger Sekunden konnte er kaum noch die Bäume sehen, geschweige denn die Gestalt. Sein Stirnrunzeln vertiefte sich. Nach den Bewegungen, die er beobachtet hatte, handelte es sich bei der Person um eine Frau.

Wer war sie? Und warum beobachtete sie seine Ausgrabungsstätte?

Ben rief seinen Namen, und mit einem letzten Blick in die Schatten drehte er sich um und ging zu den anderen.

PERSEPHONE BLAKE GING die Straße in der Provinzhauptstadt von Tena, Ecuador, entlang. Die am Zusammenschluss zweier Flüsse gelegene Stadt war ein regionaler Verkehrsknotenpunkt, und die Zahl der Touristen, die sie besuchten, wuchs – angezogen von den aufregenden Abenteuern im Amazonasgebiet. Es gab mehrere billige Hotels und Herbergen, darunter eine, die man als die beste bezeichnen konnte. Dort waren die amerikanischen Archäologen untergebracht.

Sie nickte einer Gruppe lächelnder Kinder zu, die mit ein paar Hunden auf der Straße spielten. Sie grinsten zurück, und ihre Zähne wirkten im Kontrast zu ihrer gebräunten Haut und ihrem dunklen Haar schneeweiß.

Als sie die Tür zu einer Bar mit einem angegliederten Restaurant erreichte, riss sie sie auf und ging hinein. Die Bar war eine Absteige, aber sie versprühte einen gewissen Charme.

Gott, wie viele Tage hatte sie in ihren siebenundzwanzig Jahren schon so verlebt? Wie oft war sie schon in schäbige Bars oder Pubs getreten? Sie hatte den Überblick verloren.

Persephone schritt direkt zur Theke und bestellte sich auf Spanisch einen Tequila.

Ihr Spanisch war ziemlich gut, ihr Französisch passabel und ihr Portugiesisch nur ein wenig lückenhaft. Dank ihres alten Herrn konnte sie ein halbes Dutzend Sprachen sprechen. Schließlich hatte er sie während ihrer Kindheit durch genügend Länder geschleift.

Der Barkeeper schob ihr ihren Drink in einem angesprungenen Glas von zweifelhafter Sauberkeit zu, und sie legte ein paar Münzen auf die verschrammte hölzerne Theke, bevor sie einen Schluck nahm. Der Drink war verwässert, aber er würde seinen Zweck erfüllen.

Den größten Teil ihrer Kindheit hatte sie in Süd- und Zentralamerika verbracht, während ihr Dad in Minen, auf Ölplattformen oder in Gasförderbetrieben gearbeitet hatte. Ihre Mutter war immer dann in ihrem Leben aufgetaucht, wenn es ihr am besten gepasst hatte. Athena Blake tat Dinge immer nur dann, wenn es für sie günstig war.

Persephone verdrängte alle Gedanken an ihre Mutter und nahm einen weiteren Schluck von ihrem miserablen Drink. Dabei drehte sie sich halb um, damit sie die Gruppe im hinteren Teil der Bar sehen konnte.

Die Archäologen hatten alle geduscht und sich umgezogen. Sie hörte ein höheres Lachen und richtete ihren Blick auf die einzige Frau in der Gruppe, die auf der Kante ihres Stuhls saß, eine Hose trug, die unten unverschämt weit war, und ihr blondes Haar in riesigen, leichten Wellen frisiert hatte.

Persephone schnaubte. In weniger als einer Stunde würde die Luftfeuchte in diesem Land all die mühevolle Zeit und Arbeit, die sie auf ihre Haar verschwendet hatte, zunichtemachen. Sie selbst trug ihr Haar kurz zu einem Pixie geschnitten. Das war weniger Aufwand und bedurfte keines Stylings. Die Gruppe wirkte gut gelaunt, und Persephone bemerkte, wie die Frau verzweifelt versuchte, die Aufmerksamkeit des Mannes neben sich zu erhaschen.

Man konnte es ihr nicht verdenken. Der Mann sah unverschämt gut aus. Wenn man ihn in einen Anzug stecken würde, würde er einen exzellenten James Bond abgeben. Er hatte dichtes, schwarzes Haar und ein leichtherziges, sexy Lächeln.

Selbst aus der Distanz regte sich in Persephones Mitte ein heißes Kribbeln, das sie sofort verdrängte. Sie hatte keine Zeit für Männer. Zudem enttäuschten sie sie immer, ganz egal, wie hübsch sie anzusehen waren. Außerdem hatte er sie heute an der Ausgrabungsstätte gesehen. Offensichtlich verlor sie ihr Geschick.

Nachdem sie ihr Glas abgestellt hatte, griff sie unter ihr Shirt und zog die Papiere heraus, die sie in einer durchsichtigen, wasserdichten Hülle aufbewahrte.

Das Erste, was sie darauf sah, war ein Foto einer tropischen Insel. Weiße Sandstrände, umgeben von türkisfarbenem Wasser. Ihr Plan für den Ruhestand.

Als Nächstes zog sie eine Kopie einer Seite aus einem handgeschriebenen Tagebuch hervor. Die Schrift war schlampig und schlecht zu lesen.

Diese Seite war der Schlüssel zu ihrem Ruhestandsplan.

Sie wollte mit fünfunddreißig in Rente gehen, sich am Strand sonnen und sexy Surfer oder Fischer vögeln. Mit ihrem Finger streichelte sie die Kopie der Tagebuchseite. Sie enthielt Hinweise auf eine Expedition aus den

1920er-Jahren, die einen sagenhaften Schatz genau hier in Ecuador hatte finden wollen.

Der Dschungel hatte sie mit Haut und Haar verschluckt, aber Persephone würde nicht zulassen, dass sie dasselbe Schicksal ereilte. Sie war aus härterem Holz geschnitzt.

Schließlich faltete sie das Foto der Insel und ein weiteres, zerfleddertes Bild fiel aus der Hülle. Es zeigte ein reizendes viktorianisches Haus, irgendwo in den USA. Im echten Leben hatte sie das Haus noch nie gesehen, denn obwohl sie in den Staaten geboren worden war, hatte sie nie viel Zeit dort verbracht. Aber sie hatte das Bild einmal in einem Magazin erblickt, und irgendetwas daran hatte ihr Interesse geweckt. Es sah aus wie die Art Haus, in der eine glückliche Familie leben würde. Eine Familie, die Weihnachten, Thanksgiving und den vierten Juli feierte. Sie schnaubte. Persephone hatte nie ein Zuhause gehabt, daher wusste sie nicht viel darüber.

Sie schüttelte den Kopf. Es war dumm, dass sie dieses Foto so lange behalten hatte. Tatsächlich wäre es am besten, sie würde es einfach wegwerfen. Ihr Schicksal war eine Strandhütte am weißen Sand, umgeben von blauem Wasser.

Sie klappte die Tagebuchseite auf. Gegenwärtig musste sie sich darauf konzentrieren, den Hinweisen zu folgen und ihr großes Problem zu lösen – die Tatsache, dass das Archäologenteam am Ort ihres ersten Hinweises arbeitete.

Oh, und sie durfte auch ihr anderes Problem nicht vergessen. Sosa, das Arschloch von Händler, der ihr die Seite verkauft hatte, hatte auch eine Kopie an jemand anderen verkauft. Was bedeutete, dass Persephone wahrscheinlich bald Gesellschaft von der nicht so freundlichen Sorte bekommen würde.

Da es sich bei dem Schatz um einen unschätzbar wertvollen verschollenen Smaragd der Inka handelte, waren Probleme vorprogrammiert.

Jemand setzte sich auf den Stuhl neben ihr. Er stank nach billigem Whisky.

„Holla, bella", lallte der Mann.

Sie verdrehte die Augen und schenkte dem Mann einen eiskalten Blick.

Offensichtlich war er zu betrunken, um ihre Signale zu verstehen, denn er legte eine fleischige Hand auf ihre Schulter.

Persephone schüttelte sie ab. „Verpiss dich", erwiderte sie auf Spanisch.

Sein Gesichtsausdruck wurde entschlossener. „Ich will doch nur ein wenig Spaß haben."

„Kein Interesse."

Seine buschigen Augenbrauen zogen sich zusammen. „Du bist aber nicht sehr freundlich."

Großartig. Sie konnte sich um diesen Trottel kümmern, aber das würde ungewollte Aufmerksamkeit auf sie lenken.

„Die Dame hat gesagt, sie ist nicht interessiert."

Die geschmeidige Stimme sprach perfektes, akzentfreies Spanisch, und ihr lief ein warmer Schauer über den Rücken, als sich ein straffer Körper an ihren Rücken drückte. Jeder einzelne Nerv in ihr erwachte zum Leben.

„Verpiss dich, *Gringo*", murmelte der Betrunkene.

Persephone hatte die Nase voll. Mit einem Fuß trat

sie gegen den Hocker, sodass er umkippte und der Mann lautstark fluchend auf dem Boden landete.

Der Barkeeper lehnte sich über die Theke und herrschte den Mann in schnellem Spanisch an. Der Betrunkene starrte zuerst ihn und dann Persephone böse an, bevor er sich aufrappelte. Schwankend bewegte er sich zur Tür, während er vor sich hin wetterte.

Persephone nahm ihren Drink und leerte ihn in einem Zug, bevor sie sich umdrehte.

Aus der Nähe betrachtet sah *Mr. Köstlicher Archäologe* noch besser aus.

Sie bemerkte seine wunderschönen, kobaltblauen Augen, und wie gut er roch. *Verdammt.*

„Guter Trick", grinste er.

„Ich brauche keinen Retter in strahlender Rüstung." Sie rammte ihr Glas wieder auf die Theke.

„Das habe ich gesehen." Er legte seinen Kopf schief. „Darf ich dir noch einen Drink ausgeben?"

„Auf keinen Fall, verdammt."

Sein sexy Lächeln wurde nur noch breiter. „Das ist nicht die Antwort, die ich normalerweise bekomme, wenn ich einer Frau anbiete, ihr einen Drink zu spendieren."

Persephone schnaubte. „Kann ich mir vorstellen." Sie war sich sicher, dass die Frauen völlig den Verstand verloren, wann immer dieser Mann ihnen einen Funken Aufmerksamkeit schenkte. Hübsche, normale Frauen, die mit ihm einen auf Familie machen wollten, für ihn kochen, nackt in seinem Bett herumrollen und ihm hübsche Kinder mit guten Manieren schenken würden.

„Ich muss los", erklärte sie.

„Ich wünschte, du würdest bleiben." Sein blauer Blick bohrte sich in ihren, als ob sie eine interessante Geschichte wäre, die er unbedingt hören wollte.

Während sie in sein unglaublich attraktives Gesicht starrte, schien ihr Hirn auszusetzen. Er sah zu gut aus und war einfach ... zu viel von allem. Herrje, sie ließ sonst nie zu, dass irgendjemand oder irgendetwas ihr den Kopf verdrehte.

„Warum?" Innerlich verfluchte sie sich dafür, dass sie überhaupt noch antwortete.

Er lehnte sich näher zu ihr. „Weil ich gern wissen würde, warum du heute bei meiner Ausgrabungsstätte herumgeschnüffelt hast."

Scheiße. Sie spannte sich an. Gott, jemand musste sie dringend vor Männern retten, die so clever waren wie er.

Persephone drehte sich um und schritt zur Tür, doch der Mann packte ihren Arm und zog sie zurück. Geistesgegenwärtig ließ sie ihr Springmesser aus dem Ärmel in ihre Handfläche fallen. Sie klappte es auf und drückte es, außer Sichtweite aller Anwesenden in der Bar, gegen sein Schlüsselbein.

„Ich mag es nicht, wenn man mich antatscht."

Er hob seine Hände. „Alles klar." Seine Stimme wurde leiser. „Aber ich gebe zu, dass es mir gefallen hat, dich zu berühren."

Persephone war nicht dumm. Sie konnte das elektrisierende Knistern zwischen ihnen spüren. *Verdammt.* Er war eine Komplikation, die sie absolut nicht brauchen konnte.

„Vergiss, dass du mich je gesehen hast", forderte sie.

„Das wird niemals geschehen." Und wieder schenkte er ihr dieses sexy Lächeln.

Da sie spürte, wie ihr Hirn ihr erneut den Dienst versagte, drückte sie die Klinge etwas fester gegen seine Haut. Er zuckte zurück, und eine dünne Blutspur bildete sich.

Persephone nutzte die Ablenkung, um sich unter seinem Arm hindurchzuwinden und aus der Bar zu fliehen.

BÜCHER VON ANNA

Der Detective

Der Lebensretter

Der Beschützer

ENGLISCH

Fury Brothers

Fury

Keep

Burn

Also Available as Audiobooks!

Unbroken Heroes

The Hero She Needs

The Hero She Wants

The Hero She Craves

Also Available as Audiobooks!

Sentinel Security

Wolf

Hades

Striker

Steel

Excalibur

Hex

Also Available as Audiobooks!

Norcross Security

The Investigator

The Troubleshooter

The Specialist

The Bodyguard

The Hacker

The Powerbroker

The Detective

The Medic

The Protector

Also Available as Audiobooks!

Billionaire Heists

Stealing from Mr. Rich

Blackmailing Mr. Bossman

Hacking Mr. CEO

Also Available as Audiobooks!

Team 52

Mission: Her Protection

Mission: Her Rescue

Mission: Her Security

Mission: Her Defense

Mission: Her Safety

Mission: Her Freedom

Mission: Her Shield

Mission: Her Justice

Also Available as Audiobooks!

Treasure Hunter Security

Undiscovered

Uncharted

Unexplored

Unfathomed

Untraveled

Unmapped

Unidentified

Undetected

Also Available as Audiobooks!

Oronis Knights

Knightmaster

Knighthunter

Knightqueen

Also Available as Audiobooks!

Galactic Kings

Overlord

Emperor

Captain of the Guard

Conqueror

Also Available as Audiobooks!

Eon Warriors

Edge of Eon

Touch of Eon

Heart of Eon

Kiss of Eon

Mark of Eon

Claim of Eon

Storm of Eon

Soul of Eon

King of Eon

Also Available as Audiobooks!

Galactic Gladiators: House of Rone

Sentinel

Defender

Centurion

Paladin

Guard

Weapons Master

Also Available as Audiobooks!

Galactic Gladiators

Gladiator

Warrior

Hero

Protector

Champion

Barbarian

Beast

Rogue

Guardian

Cyborg

Imperator

Hunter

Also Available as Audiobooks!

Hell Squad

Marcus

Cruz

Gabe

Reed

Roth

Noah

Shaw

Holmes

Niko

Finn

Devlin

Theron

Hemi

Ash

Levi

Manu

Griff

Dom

Survivors

Tane

Also Available as Audiobooks!

The Anomaly Series

Time Thief

Mind Raider

Soul Stealer

Salvation

Anomaly Series Box Set

The Phoenix Adventures

Among Galactic Ruins

At Star's End

In the Devil's Nebula

On a Rogue Planet

Beneath a Trojan Moon

Beyond Galaxy's Edge

On a Cyborg Planet

Return to Dark Earth

On a Barbarian World

Lost in Barbarian Space

Through Uncharted Space

Crashed on an Ice World

Perma Series

Winter Fusion

A Galactic Holiday

Warriors of the Wind

Tempest

Storm & Seduction

Fury & Darkness

Standalone Titles

Savage Dragon

Hunter's Surrender

One Night with the Wolf

For more information visit www.annahackett.com

ÜBER DIE AUTORIN

Ich bin eine USA-Today-Bestsellerautorin für Liebesromane. Meine Leidenschaft sind Romane, in denen es an Action nicht mangelt, Science-Fiction Platz findet und auch die Liebe nicht zu kurz kommt. Ich liebe es, über Menschen zu schreiben, die entgegen allen Erwartungen die schwierigsten Situationen lösen und sich beim Erreichen ihrer Ziele selbst übertreffen.

Ich lebe mit meinem eigenen persönlichen Helden und zwei sehr aktiven Söhnen in Australien.

Für Erscheinungstermine, einen Blick hinter die Kulissen, kostenlose Bücher und andere tolle Goodies, melde dich hier an und verpasse nichts mehr: www.annahackett.com

www.ingramcontent.com/pod-product-compliance
Lightning Source LLC
Chambersburg PA
CBHW050731180626
46814CB00002B/699